Contemporánea

Enrique Vila-Matas (Barcelona, 1948) es uno de los más destacados escritores europeos del momento y su obra ha sido traducida a treinta y seis idiomas. Sus libros transitan con éxito por diferentes géneros, en los que siempre quedan patentes su estilo singular y su indisociable universo narrativo. De su trayectoria narrativa destacan *En un lugar solitario* (1973), *Historia abreviada de la literatura portátil* (1985), *Suicidios ejemplares* (1988), *Hijos sin hijos* (1993), *Bartleby y compañía* (2000), *El mal de Montano* (2002), *París no se acaba nunca* (2004), *Doctor Pasavento* (2005), *Dietario voluble* (2008), *Dublinesca* (2010), *Chet Baker piensa en su arte* (2011), *Aire de Dylan* (2012), *Kassel no invita a la lógica* (2014), *Marienbad eléctrico* (2016) y *Mac y su contratiempo* (2017). Entre sus libros de ensayos literarios encontramos *El viajero más lento* (1992, 2011), *Desde la ciudad nerviosa* (2000), *El viento ligero en Parma* (2004), *Perder teorías* (2010), *Una vida absolutamente maravillosa* (2011) y *Fuera de aquí* (2013). Ha obtenido, entre otros galardones, el Premio Ciudad de Barcelona, el Premio Rómulo Gallegos y el Prix Paris Au Meilleur Livre Étranger en 2001; el Prix Médicis-Étranger y el Prix Fernando Aguirre-Libralire en 2002; el Premio Herralde y el Premio Nacional de la Crítica de España en 2003; el Premio Internazionale Ennio Flaiano, el Premio de la Real Academia Española y el Premio Fundación Lara en 2006; el Premio Elsa Morante en 2007; el Premio Internazionale Mondello en 2009; el Premio Leteo y el Prix Jean Carrière en 2010; el Premio Bottari Lattes Grinzane en 2011; el Premio Gregor von Rezzori en 2012; el Premio Formentor de las Letras en 2014; y el Premio FIL de Literatura en Lenguas Romances en 2015. Es Chevalier de la Légion de Honor francesa y Officier de l'Ordre des Arts et des Lettres desde 2013, pertenece a la convulsa Orden de los Caballeros del Finnegans, y es rector (desconocido) de la Universidad Desconocida de Nueva York, con sede en la librería McNally & Jackson.

ÍNDICE

Enrique Vila-Matas

Una casa para siempre

DEBOLS!LLO

Papel certificado por el Forest Stewardship Council®

MIXTO
Papel procedente de
fuentes responsables
FSC® C117695

Primera edición en Debolsillo: abril de 2018

Printed in Spain – Impreso en España

ISBN: 978-84-663-4233-9
Depósito legal: B-2.948-2018

Impreso en Liberdúplex, S.L.U.
Sant Llorenç d'Hortons
(Barcelona)

P 3 4 2 3 3 9

Penguin
Random House
Grupo Editorial

A mis padres y a Paula de Parma

Cuando estoy solo, no estoy.

MAURICE BLANCHOT

YO TENÍA UN ENEMIGO

1

En realidad nada habría ocurrido si no nos hubieran dado aquel consejo tan realista.

—Alejaos del viejo porque está loco y cree que es el emperador de Abisinia.

No sólo no hicimos ni caso del consejo sino que éste reforzó la curiosidad que nos inspiraba el extravagante viejo que, paseando por aquella Niza de tibio sol invernal, gesticulaba teatralmente y daba órdenes a sus familiares, a los que confundía con los príncipes y ministros de su corte imperial.

Fuimos estrechando el cerco en torno al viejo, y así un día supimos que se llamaba Yazalde y que era un argentino de incalculable fortuna, al que sus herederos, con tal de no contrariarle, permitían todo tipo de rarezas y caprichos. Y pronto, bien pronto, un sol invernal, que ahora empapa literalmente mi memoria, fue el silencioso testigo de nuestra primera toma de contacto con aquel viejo tan singular que vestía trajes de su invención, de entre los que destacaba un vestido de gala compuesto de pantalones circenses, casaca roja de corte militar y botones dorados; en el cuello, tres cruces bordadas y su nombre y rango: Martín Yazalde, emperador de Abisinia.

El día en que le hablamos por primera vez, vestía así, de gala y exhibiendo pomposamente, en el cuello, su identidad.

Fue Laura quien le descubrió entre un grupo de gente. La mañana era agradable, y nada hacía presagiar la fuerte nevada que, días después, caería sobre la Costa Azul. En el paseo de los Ingleses, el viejo estaba sentado en una silla plegable de las varias que había colocadas en hilera, junto a otras personas de edad avanzada, contemplando el mar. Mezclándonos entre sus serviles familiares, que más parecían una escolta que príncipes o ministros, nos acercamos a él y, jugando a ser más niños de lo que éramos, le instamos a que nos describiera su imperio.

Creíamos que eso iba a gustarle, pero no fue así. Se dedicó a mirarnos con perplejidad y a examinarnos, uno a uno, detenidamente. Primero a Pedro, luego a Soledad, después a mí. Hizo que mis amigos y yo nos sintiéramos incómodos. Y esa sensación todavía aumentó más cuando clavó sus ojos en Laura que, como últimamente era costumbre en ella, vestía raro y parecía mayor de lo que era: blusa transparente, falda negra, botines también negros, y sombrero blanco de ala muy ancha. Nunca supimos qué pretendían en su casa vistiéndola de aquella forma. El caso es que el viejo le dirigió una mirada muy extraña. Y que yo entonces, con aterradora claridad, como si una silenciosa explosión hubiera despertado mi espíritu, sospeché que todo aquello lo recordaría en el futuro; de pronto comprendí que, al igual que memorizaba escenas del pasado, así tendría que recordar, con absoluta nitidez, aquella turbadora mirada del viejo.

—Queremos saber cómo es su imperio —insistí.

Dejó de mirar a Laura y se decidió a contestar. Y lo hizo con frases misteriosas que hoy pienso que no lo eran tanto y que simplemente pretendían evocar la infancia perdida, pues al describir su imperio nos habló de grandes estancias y de oscuros desvanes, de sótanos en los que se entraba con una vela en la mano, de techos donde las telas de araña se movían sobre las vigas y donde podían verse bosques y laberintos, ciudades ignoradas y tierras nunca exploradas.

Volvimos a verle dos días después, frente al Negresco, y en esa ocasión fue él quien se nos acercó a nosotros mirando obsesivamente a Laura y preguntándole, con maligna sonrisa, si le gustaban las posturas anormales. Como nadie de nosotros entendió una sola palabra de aquella pregunta, pasamos a practicar nuestro juego favorito, que consistía en dejar que nuestras miradas vagaran elegantemente. Éramos unos consumados artistas de la mirada vaga, y siempre lográbamos nuestro objetivo, que no era otro que desconcertar. El viejo, ese día, no fue una excepción y cayó en la trampa. Miró confundido hacia la playa y luego, tratando de disimular su zozobra, explicó que cuando hablaba de posturas anormales se refería, por ejemplo, al arte de andar sobre las manos, y señaló a un bañista invernal que, en aquel momento, practicaba ese deporte sobre la arena.

Nuestras miradas volvieron a vagar elegantemente. Y entonces él, como movido por un extraño resorte, se reveló como un gran charlatán. Y así supimos que se creía muy joven y en viaje de estudios por Europa. Dijo que anotaba en cuadernos de música todo cuanto le interesaba de los países que visitaba.

¿Y qué era lo que le interesaba? Los monarcas, únicamente. En torno a ellos giraban todos sus apuntes. Por ejemplo, de su estancia en París sólo recordaba haber visto al antiguo emperador de Francia.

—Es un viejo repugnante y estúpido, pero no se lo dije porque no quise disgustarle —nos explicó mientras blandía su cuaderno de música.

En Berlín había ido a la Ópera y había visto en escena a un rey y a una señora que nunca se decidían a terminar de cantar.

—Por suerte —nos dijo—, finalmente a ella la pusieron en una hoguera y la quemaron viva. A mí, a mis príncipes y a mis ministros, esa solución nos agradó muchísimo.

Tomó la mano de Laura y la acarició lentamente mientras le decía que sus dedos eran los dedos de una reina.

—En cuanto a mí —añadió—, me siento tan aislado que incluso noto la distancia que hay entre mi alma y mi traje de gala.

Yo, que en definitiva era un niño, encontré graciosa la frase y solté una gran carcajada que fue secundada por Soledad y Pedro. Eso debió molestarle mucho porque de repente, con cierta alarma por parte de su séquito, abrió el cuaderno de música por la primera página y, sobre papel de fumar, comenzó a copiar lo que en ella había escrito.

El papel, que no le dio más que para una sola frase, lo convirtió poco después en un cigarrillo que se fumó muy complacido mientras nos anunciaba que, antes de abandonar Niza, tenía previsto fumarse el cuaderno de música entero.

Aquella noche soñé que el viejo se fumaba el universo, y eso debió influir en mi estado de ánimo, al día siguiente, cuando volví a verle y se me ocurrió preguntarle si no se sentía cansado después de haber convertido el mundo entero en una gigantesca nube de humo. Le vi muy inquieto por algo que, sin duda, nada tenía que ver con mi pregunta.

—Cada uno tiene su barba —me dijo.

—¿Le ocurre algo raro, señor?

—Sí. No puedo ocultártelo, amigo. Temo un terrible encuentro. Estoy seguro de ser seguido o precedido por alguien, y un emperador nunca se engaña.

En ese momento su inquietud la desplazó hacia una impaciente Laura que, bordeando la orilla del mar, se dirigía hacia nosotros. Ella vestía, aquel día, completamente de blanco, e incluso la cinta de goma que firmemente sostenía su sombrero bajo la barbilla era blanca como la nieve. Cuando estuvo ya muy cerca le anunció al viejo que iba a quitarse el sombrero.

—Pues quítatelo, quítatelo —le dijo él acariciando suavemente su nombre de emperador bordado en el cuello. Ella así lo hizo mientras, con extrema dulzura, explicaba que le hacía daño la cinta, y entonces creí entender que, al igual que yo, sentía Laura cierta compasión hacia aquel pobre viejo loco que se creía joven y abisinio, pero no podía estar yo más equivocado, porque no era compasión sino una extraña atracción lo que ella sentía.

Me lo dijo la propia Laura, la víspera de Navidad, junto al abeto del que pendían nuestros regalos. Nuestras familias se habían reunido en la casa alquilada por mi padre, y quedaban ya tan sólo tres días para que regresáramos todos a Barcelona. Laura y yo nos habíamos apartado discretamente del grupo familiar y nos habíamos sentado en una alfombra, lo más alejados posible del fuego navideño del hogar. En mis manos tenía yo dos improvisadas marionetas a las que daba voz y vida; una de ellas figuraba que era un ventrílocuo, y la otra era un impertinente muñeco que increpaba violentamente a su dueño. Laura se mostraba encantada con aquel juego que acababa de inventarme pero de pronto, cuando más interesada estaba en la historia, un gato negro saltó, a modo de mal presagio, sobre sus rodillas.

Laura pareció sorprendida, acarició cautamente al animal, y poco después advirtió que el gato la había arañado. Tenía Laura sangre en el dedo, levantado en alto.

—No entiendo qué puede haberle pasado al gato —comenté mientras reparaba en Pedro, que, al fondo del salón y junto al fuego, parecía tener celos de nosotros y atizaba las brasas con un palo, la cabeza hundida entre las solapas del abrigo del que se había negado a despojarse. Laura lanzó una mirada furtiva a aquel Pedro que se comportaba de forma tan extraña, y luego me miró fijamente, como si tuviera miedo de algo. Pensé que iba a preguntarme si sabía qué le ocurría a nuestro amigo, pero pronto vi que eso no le preocupaba. Cerró la boca a mi ventrílocuo y pasó a hablarme del viejo en términos que no pudieron más que inquietarme.

—Le amaré siempre —dijo—, aun después de su muerte. Y cuando ésta llegue, que llegará, le escribiré cartas a la tumba porque él me ha dicho que los muertos nunca mueren del todo mientras alguien les escriba.

Me quedé mirando la sangre y el fuego, preguntándome qué clase de amor podía ser aquél. Y todavía hoy me lo pregunto cuando pienso en el terrible suceso que precedió al encuentro del cuerpo sin vida de Laura en aquella fría mañana de Navidad.

A Laura la violó el viejo a primeras horas de la madrugada cuando ella escapó de la casa y fue a su encuentro. La violó y, cuando vio que estaba muerta, le mordió la lengua hasta arrancársela. Después, a cierta distancia del lugar del crimen y con la luz de la luna como único testigo, el viejo se colgó del árbol de un solar abandonado en el que nosotros solíamos jugar.

Poco después de ahorcarse, empezó a nevar sobre Niza, y el viejo fue transformándose a lo largo de la noche. Y en la mañana del día de Navidad se balanceaba ante nosotros al impulso del viento helado. No le reconocimos, pensamos que se trataba de un muñeco de nieve. Y durante unos minutos Soledad, Pedro y yo, ajenos todavía a lo que le había sucedido a Laura, la vengamos sin saberlo. Jugamos a lanzar bolas de nieve contra el muñeco que oscilaba en el aire, hasta que el despojo empezó a secarse al sol. Y entonces, con gran horror y sorpresa, vimos cómo lentamente aparecía, primero, aquel nombre y aquel título grabados en el cuello y, poco después, el rostro congelado del viejo tremolando como una bandera de escarnio sobre los suburbios de la vida.

2

Otra violación, años después, otra lengua arrancada. Se repitió el crimen y de nuevo me vi directamente afectado por el suceso.

Vivía yo entonces en París y recordaré siempre el momento en que me dieron la noticia. Creí morir de rabia y estupor y, para no gritar como un loco, intenté pensar en otra cosa. Acababa de caer un fuerte aguacero sobre la ciudad y se me ocurrió asomarme a la calle fingiendo que temía que con tanta lluvia hubieran desaparecido las tres ventanas iluminadas del edificio de enfrente. Las ventanas, pude verlo enseguida, no las había barrido el agua, y eso me reconfortó. Me calmé al ver que todo seguía igual, necesitaba que fuera así. Qué tranquilidad comprobar que las ventanas de mi amiga Marguerite permanecían fieles a su vocación de reflejar transeúntes de amplios vestidos cuyos pliegues, al oprimir fugaces cuerpos que se desplazaban por aquel rincón de Montparnasse, me traían como de costumbre el aire inconfundible del tedio de la infancia que había dejado atrás.

La tranquilidad cesó al bajar a la calle y tropezar de nuevo con la dramática realidad. En el barrio nadie hablaba de otra cosa. En una sala de fiestas en construcción, a cuatro pasos del café Le Dôme, habían hallado muerto al hermano de Marguerite. Le habían violado, arrancado a dentelladas la lengua, degollado.

Se comentaba que la policía no tenía la menor pista sobre el asesino. Pero al atardecer, cuando por fin logré comunicar con la desolada Marguerite, supe que había una pista. Un empleado de banca, que solía tomar el aperitivo en la terraza de Le Dôme, aseguraba haber visto al niño tomándose un helado en compañía de un joven muy alto y desgarbado, de pelo negro ensortijado, aire intelectual y extrema palidez.

Me pareció que Marguerite me necesitaba y que le podía ir bien ausentarse un rato de la casa de sus padres, de modo que la llamé y, vencida su inicial resistencia, quedamos citados en el café Perec, donde intenté en vano consolarla con frases tópicas de las que siempre acababa avergonzado.

En una mesa cercana a la nuestra estaba sentado, como de costumbre y tan amargado como en la infancia, mi antiguo amigo Pedro. Le acompañaban los pintores de su rara tertulia: jóvenes siempre tristes y deprimidos que apenas hablaban entre ellos, ya que, según se comentaba por el barrio, estaban convencidos de que, al hablar, se ausentaban, y por ese motivo preferían dedicarse exclusivamente a pensar.

Hacía ya tiempo que nuestra amistad infantil se había desvanecido derivando en una corriente de mutua indiferencia, y ni tan siquiera el recuerdo del terrible episodio de Niza nos unía. La vida nos había llevado por caminos divergentes. Pedro había heredado una gran fortuna y se dedicaba a pintar cuadros. Yo, que había dilapidado toda mi herencia, también me dedicaba al arte, pero lo hacía trabajando de ventrílocuo en un cabaret de mala muerte de Pigalle, y a duras penas llegaba a fin de mes. Habíamos dejado los dos Barcelona y nos habíamos instalado en París y en el mismo barrio, pero sólo hasta ahí llegaban las coincidencias.

Aquella tarde, aunque al amargado Pedro tan sólo le faltaba ponerse a atizar las brasas del fuego de aquel cruel cuento de Navidad que habíamos vivido juntos, a mí ni tan siquiera la asombrosa similitud entre los dos crímenes me parecía un motivo suficiente para acercarme a él y comentarle algo.

De pronto, al mirar distraídamente Marguerite y yo hacia la mesa de Pedro, nos quedamos literalmente de una pieza. Los rasgos físicos del que fuera un día mi amigo respondían, con notable exactitud, a la descripción del joven desgarbado que había matado al niño.

Todo habría podido quedar en una nueva y también curiosa coincidencia de no ser porque, horas después, Marguerite tuvo un sueño que se iniciaba con una gran tormenta de nieve de la que surgía, de repente, un Pedro convertido en un lobo ensangrentado que perseguía ferozmente a un niño al que acababa segando la vida con una hoz de cristal que aullaba. Al final, la cabeza del niño rodaba y rodaba y se convertía en un sombrero rojo que bailaba con la luna llena, de la que se había enamorado.

Pese al lírico desenlace, Marguerite retuvo esencialmente la parte amarga del sueño, la escena del horror, y al día siguiente, en el Perec, no hacía más que espiar a Pedro tratando de descubrir, entre sus ropas, la hoz de cristal que aullaba. No lo logró, pero sí hubo un detalle que no le pasó desapercibido. De un día para otro, el pelo negro ensortijado de Pedro había desaparecido y, en su lugar, podía verse un cráneo afeitado cubierto por un sombrero rojo que Marguerite dijo que era, sin lugar a dudas, el mismo que había aparecido en el sueño.

Para ella era evidente que Pedro había cambiado de aspecto para no infundir sospechas. Pensé que, como estaba todavía bajo la fuerte impresión de la muerte de su hermano, no era conveniente contrariarla. Pero cuando empezó a insistir y a insistir en que era del todo evidente que estábamos a cuatro metros del asesino, me sentí obligado a decirle que todo aquello era completamente descabellado y que era lo más absurdo que había oído en mi vida y que, además, no podíamos acudir a la policía sin tener la menor prueba.

—No está bien —le dije— acusar a una persona de esa forma tan gratuita, sólo porque en un sueño haya aparecido un sombrero rojo.

Pero Marguerite siguió insistiendo y sollozando e insistiendo hasta el punto de que yo, tratando de hallar una solución rápida al asunto, me ofrecí para hablar con Pedro y ver cómo reaccionaba. Aunque maldita era la gracia que me hacía, me acerqué con gran sacrificio a la tertulia de los parcos.

Estaban en aquel momento tan increíblemente callados que casi me pareció una grave injerencia en sus pensamientos decir algo, pero lo hice.

—¿Podría hablar contigo un momento, Pedro?

Levantó la vista lentamente y me dedicó una mirada de inequívoco desprecio, pero yo no me amilané y, simulando que no me había apercibido de nada, le dije:

—¿No te parece que ese crimen de la sala de fiestas recuerda a la violación de Laura?

—Por favor —me contestó lánguidamente—, ni siquiera tus zapatos están en mi recuerdo.

—Pero es que ese crimen... —protesté.

—Hablas de un crimen. ¿Y acaso no lo es dirigirse a mí con esa grosera familiaridad?

No esperaba ser muy bien recibido por él, pero tampoco ser rechazado de aquella forma. No había motivo para ello y realmente me desconcertó. Atribuí su agresividad a un tipo de extrema timidez que le hacía reaccionar de aquella forma. En cualquier caso, parecía que yo no era de su agrado y decidí que lo más prudente sería regresar a mi mesa y decirle a Marguerite que Pedro se había convertido en un hombre más raro de lo que pensaba y que tal vez, para salir de dudas, fuera mejor idea solicitar la ayuda del empleado de banca que decía haber visto al asesino.

Una hora después, ese hombre, oculto detrás de un árbol y a una distancia prudencial, observaba detenidamente al sospechoso y no tardaba en afirmar que aquel joven no se parecía en nada al que había visto en compañía del niño y del helado.

—No es él. De eso estoy completamente seguro. Y para colmo éste es más pálido que el joven que yo vi.

—Se ha afeitado la cabeza para disimular y es capaz de haberse maquillado para parecer más pálido —insistió Marguerite, que se resistía a darse por vencida.

El empleado de banca movió repetidas veces la cabeza en señal de negación, y después se marchó. Creí que allí había terminado todo, pero no fue así. Marguerite volvió a la carga, y la vi aún más obsesionada que antes. Traté de explicarle cómo era Pedro de niño, la bondad de sus sentimientos, su incapacidad para torturar o matar ranas, las oraciones que rezaba en la cama antes de dormir... Todo inútil. Me anunció que pensaba asediarlo con la mirada hasta conducirle, tarde o temprano, a una situación tan asfixiante que le hiciera sentirse totalmente acorralado, perder los nervios y, en consecuencia, delatarse.

«Olvídalo, Marguerite...», fueron las palabras de súplica más utilizadas por mí en los días que siguieron y en los que el asedio a Pedro fue tan constante y estrecho como, a todas luces, inútil, pues él se mostraba siempre ajeno e indiferente al acoso, siendo su actitud la habitual, es decir que se le veía muy pensativo y más bien deprimido y muy parco en palabras, rodeado de sus también parcos compañeros de tertulia.

Un día en que nos habíamos sentado descaradamente muy cerca de ellos, oímos que hablaban de la desgracia de ser jóvenes. Casi lloraban. Seguimos el frágil hilo de su lenta y patética conversación hasta que, de pronto, unas palabras de Pedro sobresaltaron a Marguerite.

—Entrar en la juventud es algo muy doloroso, porque obliga a matar al niño que habitó en nosotros —dijo él con extraordinaria tristeza y parsimonia.

Marguerite me miró como si acabara de oír la confesión del crimen.

—Creo que hoy circula poco aire —dijo uno de los parcos.

Siguió un largo silencio hasta que otro añadió:

—Es que en realidad no circula ni el más mínimo aire.

Marguerite me había cogido con fuerza del brazo y pensé que estaba volviéndose loca. En sus ojos, completamente desorbitados, podía verse su convencimiento de que el asedio a Pedro había dado el resultado apetecido. Pero yo a éste le veía únicamente preocupado por el ritmo que estaba tomando la conversación entre los parcos. Pronto confirmé esa impresión cuando le vi levantarse enfurecido y, tras arrojar unas monedas sobre la mesa, decir a sus contertulios:

—¡Basta! Me voy, me voy. No quiero seguir bebiendo entre charlatanes.

Cuando se hubo marchado supimos, a través de los lentos y muy espaciados comentarios de los parcos, que en la última semana había quedado sumido él en una alarmante crisis y que apenas comía y que sólo pintaba pulgas y alfileres y que, de seguir así, pronto desaparecerían tanto él como su microscópica pintura.

Era tan grande la obsesión de Marguerite que, de estos comentarios, dedujo que su acoso estaba produciendo los efectos esperados. Una vez más me sentí obligado a decirle que sus sospechas nunca habían tenido el menor fundamento y que era mejor que dejara en paz a aquel triste pintor que simplemente se había rasurado el cráneo. Intentando que descansara de tanto asedio inútil, le sugerí que, ya que la policía no avanzaba en su investigación, hablara con sus padres y les propusiera que contrataran a un detective.

—Así no tendrás que ir por ahí haciendo de investigadora privada —le dije.

Creyó que me reía de ella y de su pobre hermano muerto. Primero, se enfureció, después lloró. Me acusó de no tener corazón. Le dije que sólo pretendía que se olvidara de sus grotescas sospechas en torno a Pedro y que pensara que bastante tenía ya éste con sólo pintar pulgas y alfileres y estar más demacrado que nunca.

—¿No ves que ese infeliz de Pedro no está para nada y menos aún para asesinatos? —le dije.

—Si realmente piensas eso, no hablemos más. ¿Me oyes? No hablemos más.

Esto último llamó la atención de los parcos, que, desde la marcha de Pedro, habían permanecido rigurosamente pensativos y que, al oír que no se hablara más, se animaron súbitamente, como si hubieran descubierto en Marguerite a una incondicional suya.

—Pues no hablemos más —repetí, a modo de eco, mirando a los parcos.

Marguerite volvió a enfurecerse, y esta vez ya en pleno delirio me acusó de intentar hacerme amigo de los cómplices del asesino de su hermano. Para que se calmara le dije que tenía un plan magnífico para atrapar la conciencia de Pedro y obligarle a delatarse. Me miró muy interesada. No tenía yo ningún plan pero, en menos de cinco segundos, di con uno que entusiasmó a Marguerite.

Consistía en que Marie, una amiga nuestra a la que Pedro no había visto nunca, se ganara la confianza de éste y, un día, por sorpresa, le condujera hasta la sala de fiestas en construcción, hasta el escenario mismo del crimen.

—Si Pedro es el asesino —dije—, difícilmente se comportará con normalidad en ese lugar. No podrá soportarlo y se delatará.

Dos besos rápidos. Marguerite me dio dos besos, me agradeció los servicios prestados y dijo que iba a hablar, de inmediato, con Marie y que mi idea era genial y que me estaría agradecida de por vida. Y dicho esto, desapareció de mi vista a una velocidad que todavía hoy recuerdo con cierto vértigo.

Yo encaminé mis pasos hacia Pigalle, hacia el cabaret en el que trabajaba, sin saber que allí me esperaba una sorpresa que iba a vulnerar mi estado de ánimo y a inquietarme como pocas cosas lo habían hecho hasta entonces.

Me encontraba en el número final de mi actuación, consistente en dar vida al muñeco que se creía el emperador de Abisinia y que llevaba el nombre bordado en el cuello, cuando tuve la impresión de que, en la última fila y bebiendo lentos sorbos de whisky, Pedro me observaba con especial interés. No podía verle con toda claridad y, además, era sumamente extraño que estuviera allí, pero me pareció que era él.

Yazalde, que era mi muñeco preferido, no solía arrancar jamás una sola risa del público, porque era un viejo loco triste, cansado y conmovedor. Sin embargo, esa noche el espectador de la última fila se reía de vez en cuando y lo hacía de una manera infinitamente seria y agresiva.

A mi desasosiego por esa presencia pronto se añadió otro que vino provocado por algo que, en los últimos tiempos y en forma de enemigo de mi oficio, yo venía detectando cada vez que subía a un escenario: las voces de mis muñecos se parecían demasiado a mi propia voz, de modo que podía decirse que en mi caso, y a causa de ese pérfido enemigo, poseer una voz propia no era precisamente una atractiva cualidad, sino que más bien constituía un grave inconveniente y motivo de inquietud.

Yo tenía un enemigo que parecía difícil de doblegar. Como siempre, terminé mi actuación pensando en lo urgente que era solucionar aquel problema. Cayó el telón, se encendieron las luces de la sala y, mientras encajaba la habitual fría despedida del público, vi que Pedro, o quien fuera que estuviera allí, había desaparecido.

Al día siguiente y para no complicar más las cosas le oculté a Marguerite la presencia de aquel espectador que, por otra parte, no podía yo asegurar que fuera Pedro.

Podía tratarse de una simple sugestión. Tal vez me había dejado llevar por mi mala conciencia de utilizar aquel muñeco o fantasma siniestro de mi infancia, y eso me habría conducido a creer que Pedro, desde la última fila, me recriminaba mi falta de escrúpulos al resucitar a Martín Yazalde, el emperador de Abisinia.

En cualquier caso, juzgué prudente no decirle nada de todo aquello a Marguerite. Ella, aquel día, se mostraba esperanzada ante el curso de sus investigaciones. Marie, aun compartiendo conmigo cierto escepticismo ante lo que le parecía una frágil sospecha, se había mostrado dispuesta a colaborar.

No tardó Marie en abordar en la calle a Pedro cuando éste, con su habitual tristeza, regresaba a casa. Aun sabiendo que no fumaba, le pidió un cigarrillo. Y en la medida de lo que era factible con Pedro se inició allí una amistad. Marie era una persona muy hábil en el arte de embaucar y, en muy pocos días, logró vencer las resistencias de quien, pese a su notable desconfianza hacia las palabras, se abrió tímidamente al diálogo. Empezaron a verse en cafés del barrio y pronto ella supo que la extrema tristeza de aquel desolado pintor de pulgas y alfileres procedía de un drama del que ya teníamos alguna noticia: su amargura por haber cometido la que consideraba la mayor de las torpezas, que no era sino la de haber renunciado a la infancia para entrar en la juventud.

—No es, desde luego, el asesino —nos dijo Marie el día en que consideró que podía ya emitir su veredicto—, sino un triste y más bien deplorable individuo que no sabe ni disfrutar de su dinero. Hablando claro, es un alma en pena, y es la persona más aburrida que he conocido. Se está consumiendo lentamente como la llama de una vela. Y no sería de extrañar que pronto dejara de pintar y hasta de vivir porque no se siente con fuerzas para nada, y menos aún para un crimen. Está dominado por una hidra íntima que le corroe y que yo llamaría el mal de la juventud. Y está muy flaco.

—¿Y has dicho que es un alma en pena y que se está consumiendo como la llama de una vela? —preguntó Marguerite, y se quedó cavilando.

—Sí, lo he dicho, ¿por qué?

Marguerite no contestó porque seguía inmersa en sus pensamientos. Marie me miró y se encogió de hombros, y pasó a hacer todo tipo de razonamientos acerca de su absoluta certeza de que una persona tan pusilánime como Pedro era incapaz de lanzarse a la práctica del asesinato. Para ella, él era alguien en quien la torpeza y la ausencia de todo sentido práctico eran las notas más relevantes de su triste carácter: alguien que se complacía en recordar únicamente los paseos infantiles en compañía de su madre y, sobre todo, en recordar cómo ésta solía convertir ciertos detalles insignificantes de conducta en pruebas de la aptitud del futuro pintor para la vida práctica, reforzando así lo que había de inepto y de soñador en el pequeño Pedro.

—El que parezca más lento y más torpe de lo que es —concluyó Marie—, tiene su origen en esos paseos.

Pero Marguerite, que seguía empeñada en que Pedro era el asesino, dijo que precisamente las personas de naturaleza tan torpe corrían el peligro de creerse o de querer ser, en ciertas ocasiones, más rápidas y astutas de lo que eran.

Para Marguerite, el móvil del crimen podía residir en un intento, por parte de Pedro, de demostrarse a sí mismo que era rápido y astuto y que estaba perfectamente dotado para la práctica de cualquier actividad, incluida la del crimen.

Marie, ante la terquedad de Marguerite, empezó a sentirse molesta y acabó perdiendo ligeramente la paciencia. Repitió que se aburría profundamente con Pedro y que no estaba dispuesta a perder más tiempo viendo las pulgas y alfileres que aquel insignificante joven pintaba. A partir de aquel momento debíamos apañárnoslas solos si todavía seguíamos creyendo que Pedro era capaz de degollar a un niño.

—No pienso volver a verle más —dijo Marie muy tajante. Marguerite le pidió, le imploró que aplazara tan sólo unas horas su decisión y permitiera que saliéramos definitivamente de dudas conduciéndole al lugar del crimen para observar cuál era su reacción.

Entonces yo no sé si Marie inventó cuando dijo:

—Es que precisamente vengo de estar con él en el lugar del crimen. ¿Y sabes qué sucedió? Pues que ni se inmutó. Nunca vi a nadie más tranquilo. Me estuvo diciendo que las salas de fiestas le deprimían, y eso fue todo. Yo creo que ni sabía que allí se había cometido un crimen.

Marguerite quedó pensativa y, por un momento, creí que se sentía muy contrariada. Pero de pronto nos dijo:

—¿Y sabéis por qué estaba tan tranquilo?

—Ya te lo he dicho —intervino Marie—. Porque no tenía ni idea de dónde estaba, ni sabía nada de la muerte de tu hermano, ni nada de nada. El pobre vive en la inopia más absoluta. Y está pero que muy flaco.

—No puedes estar más equivocada —le dijo Marguerite—, precisamente tú que presumes tanto de lince. ¿Acaso no lo ves? ¿No ves que si no se inmutó fue porque los asesinos suelen volver al lugar del crimen, y Pedro no iba a ser la excepción, salvo que él, desde que cometió el asesinato, vuelve a cada momento? En su mente, siempre está allí, siempre. Adondequiera que vaya, tanto si está en el Perec como en la calle o en su taller, él siempre está en el lugar del crimen. No se mueve nunca de allí, vive en una casa para siempre. ¿Cómo querías, pues, que se sorprendiera de estar en ese lugar?

Vencidos los primeros momentos de perplejidad, le pregunté a Marguerite si lo que había dicho podía presentarse como prueba ante la policía.

—Es que ésa precisamente era la prueba que andaba buscando —me contestó—, pero no pienso denunciarle. Que siga viviendo en el lugar del crimen, en esa casa que tiene para siempre. Ya bastante sufre con esto, se nota en todo lo que hace, y eso explica que esté tan flaquísimo y que, como la triste llama de una vela, su vida lentamente se vaya extinguiendo. Acudir a la policía me privaría del placer de ir viendo cómo, día a día, sigue perdiendo peso y va convirtiéndose, poco a poco, en una miserable pulga atravesada por el más doloroso de los alfileres.

3

Cuando, tras heroicos esfuerzos, los padres de Marguerite lograron convencerla de que a todos les iría bien un largo viaje a Irlanda, yo me quedé solo en París, y debo decir que, en el fondo, aliviado, pues pensé que dispondría de más tiempo para mí y para el urgente problema que debía resolver: mi alarmante fracaso diario como ventrílocuo.

Todas las mañanas recibía carta de Marguerite. Y por las tardes, en un ritual que acabó siendo muy monótono, yo le contestaba enviándole cuatro líneas insulsas que eludían siempre las enojosas referencias que de la evolución física de Pedro exigía ella casi obsesivamente. Por las noches, al volver del cabaret, ensayaba voces distintas a la mía, pero resultaba todo inútil. Por mucho que me esforzara, la verdad era que poco (por no decir nada) avanzaba en mi singular duelo con mi voz propia.

Seguí frecuentando el Perec sentándome generalmente solo y dedicándome a un juego que me inventé y que consistía en buscar entre los transeúntes a los herederos físicos de celebridades de la historia de Francia.

Recuerdo muy especialmente un atardecer en el que, en primer lugar, vi a un Delacroix enfurecido, probablemente un argelino. Luego pasó un Maupassant sin bigote. Después, un Voltaire que parecía una cabra. A continuación, una mujer con un tocado de hormigón y un rostro que evocaba a Luis XIV. Y finalmente, una buena imitación de Sartre, seguida poco después por el auténtico Sartre.

La imitación avanzaba tan impetuosamente que desplazó de lugar a varios paseantes antes de hacer lo mismo con Pedro, que en aquel momento acababa de aterrizar en el Perec y se disponía a sentarse con los parcos.

La aparición de Pedro en mi campo visual cerró bruscamente el juego, tal vez porque él no tenía el aire de ser el heredero físico de nadie. Pero si recuerdo muy especialmente ese atardecer no es exactamente por todo lo que he contado, sino más bien por la súbita aparición de una bandera roja a la que seguía una multitud silenciosa. También yo me quedé mudo. Aún no lo sabía, pero aquélla era una de las primeras escaramuzas de lo que luego se llamó el Mayo francés.

En los primeros días participé muy activamente en los disturbios y, aunque no era estudiante, actué como si lo fuera. Me gustaba arrojar adoquines a la policía y probar en las barricadas (eso sí, sin éxito) trucos de ventrílocuo. Fueron, en suma, días muy felices, que iban a verse truncados por una racha extraña de desgracias.

Corríamos, una noche, por los bulevares incendiados y con la policía en los talones cuando de repente surgió, de una esquina en la que se hallaba misteriosamente apostado, un fantasmal Pedro que, al verme, se unió a mi carrera tropezando en el acto conmigo y provocando que yo cayera de bruces sobre el asfalto y me convirtiera en el juguete ideal de las porras de mis perseguidores.

En el hospital, no hubo día en que no me preguntara qué demonios hacía Pedro, aquella noche, inmóvil en una esquina y como aguardando a que yo pasara para derribarme. Pedro era apolítico y muy miedoso, no tenía ningún sentido que se hubiera añadido a la manifestación.

Para no pensar sólo en esto, me refugié en aquel juego que, días antes, había yo inventado. En cada médico o enfermera veía yo figuras del pasado. De mi estancia en el hospital recuerdo también una extraña sensación que me perseguía siempre a primeras horas de la tarde. Cierta sospecha de que, pese al silencio y a la somnolencia, alguien estaba al acecho en cualquier parte, como una araña, para perjudicarme en cuanto la ocasión le resultara propicia.

Cuando por fin me dieron el alta, el Mayo francés había terminado y no pude más que maldecir aquellos días pasados en el hospital y, sobre todo, aquel extraño tropiezo con Pedro que me había impedido vivir una ocasión única de fiesta, rebelión y griterío.

Me despedí del médico, de las enfermeras y de una policía que disimulaba su condición de probable espía. Me fui hacia mi casa. Al llegar encontré en el buzón una carta en la que el gerente del cabaret me comunicaba que había decidido prescindir de mis servicios. Me acordé de aquello de que las desgracias nunca vienen solas. Fui a Pigalle con la intención de ser readmitido, pero se hizo evidente que no tenía la suerte de cara. Lo confirmé cuando, al entrar en los camerinos para recoger mis objetos personales, encontré al muñeco Yazalde fuera de su caja color esmeralda y boca abajo. A causa de una probable caída violenta, tenía aplastada la nariz.

Aquello no me inquietó tanto como lo que me sucedió una hora después al volver a casa. Sobre el felpudo de mi puerta había un paquete de color rosado que contenía recortes de uñas y de cabellos. Aquel envío anónimo y endiablado me trajo nuevos infortunios.

Minutos después caía rodando por la escalera del inmueble cuando me disponía a salir a la calle para comprar tabaco. Alguien había dejado una piel de plátano en el sitio idóneo para que me rompiera la crisma.

Tuve que ser, de nuevo, hospitalizado. Y cuando me hube recuperado del todo, la misma tarde en que iba a ser dado de alta, patiné en el lavabo recién fregado por una misteriosa mano y sufrí un aparatoso accidente que me retuvo dos meses más en el hospital.

Para colmo, mi correspondencia con Marguerite, que era lo único que me alegraba la vida, se vio interrumpida cuando ella me anunció que se casaba con un cocinero dublinés. Estaba yo tan susceptible que me sentí profundamente herido, y decidí no contestarle a ninguna carta más. Envié a Dublín una postal con un adiós definitivo y este breve texto: «Juraría que alguien se dedica a manipular los frágiles hilos de mi destino con la intención de que tropiece con todo tipo de adversidades».

El día en que por fin me dieron el alta, salí a la calle andando con prudencia sin igual, temeroso de cualquier nuevo accidente o contratiempo. Al pasar por delante del Perec me dije que, si Pedro estaba allí, le pediría explicaciones de aquel encontronazo que había abierto en mi vida un período de infortunios.

Pero en el Perec no quedaba ni rastro de la tertulia de los parcos. Habían cambiado de café y se reunían a cien metros de allí, en el Orléans. En ese bar vi a todos los parcos menos al que buscaba. Me acerqué desafiante y les pregunté por Pedro. Todos continuaron embebidos en sus pensamientos, salvo el parco más locuaz, que me indicó que deseaba hablar a solas conmigo.

Hicimos un aparte, y él me dijo que ya sabía que Pedro y yo habíamos sido amigos y que, por lo tanto, comprendía mi inquietud ante el estado de suma rareza en que Pedro parecía vivir.

—Creo —me dijo— que usted merece ser informado acerca de los males de Pedro. Le veo muy preocupado por su antiguo amigo, y su noble actitud exige ser correspondida. Sólo yo puedo hacerlo, porque mis compañeros no quieren sustraerse a sus pensamientos. Yo soy distinto y puedo perder unos minutos con usted.

Le di las gracias, y él continuó:

—Pedro ha pasado una época muy mala y desea olvidarla en tierras lejanas. En estos momentos está en su casa haciendo las maletas, porque mañana parte de viaje en busca de los climas cálidos del Sur. A mí llegó a decirme que se sentía acosado por alguien, de quien se defendía con sutiles contraataques que podían resultar nocivos para su perseguidor. Como ve, un caso que raya casi en la locura. Un caso preocupante.

Le sugerí que entráramos en el bar y pidiéramos algo en la barra, y eso hicimos. Por unos momentos, dejé de prestar atención a lo que el parco más locuaz me decía, y me quedé imaginando a Pedro transformado por los aires marinos y por los climas perdidos.

—No hace mucho —oí que me decía el parco más locuaz—, estuvo Pedro hablándome de cuando él era niño y me dijo que, al nacer, tenía la parte trasera de la cabeza tan grande y picuda que la comadrona lo creyó monstruoso. Pensé que esto ha debido marcar su vida. No sé muy bien de qué forma, pero lo cierto es que pensé que le sería beneficioso ese viaje que tal vez le permita superar un estado de ánimo que, por lo visto, no podrá superar hasta que no se encuentre lejos de esta ciudad.

—En verdad —dije yo— que es un estado de ánimo bien curioso. Porque quien nació con esa parte trasera de la cabeza tan grande y picuda fui yo.

—¡Oh! —exclamó el parco más locuaz.

Apuramos las cervezas y nos despedimos conscientes de que poca cosa más podíamos decirnos. Ya de regreso a mi casa, mientras intentaba poner orden a todo lo que había oído y pensado, encontré en el buzón un nuevo paquete de color rosado. No quise ver qué contenía y me deshice rápidamente de él. Pero eso no me evitó cierta inquietud, un notable pánico a nuevos males y desgracias.

Tumbado en mi cama y preso de los más variados miedos (temía hasta que me cayera el techo encima o que el loco de Pedro llamara a mi puerta), pasé largo rato sin atreverme apenas a moverme, hasta que resolví que lo mejor que podía hacer era desafiar abiertamente al infortunio, ir a algún café en el que hubiera mucha gente y en el que tal vez pudiera encontrar a algún conocido o a cualquier persona que me ayudara a olvidar mis temores a nuevas desgracias.

Fui a Montmartre y entré en el café más concurrido de la plaza Clichy. En lugar de adversidades, se sucedieron algunas escenas afortunadas. Me encontraba yo rodeado de gente aburrida, turistas en su mayoría, cuando noté una corriente de aire y vi que alguien había dejado la puerta abierta. Me volví para protestar y, al hacerlo, la joven que acababa de entrar pasó por mi lado y se sentó frente a mí. Era también una turista. Llevaba una máquina fotográfica y se puso a escribir postales. Me pareció hermosa pero, al mismo tiempo, vulgar. Iba tocada con un turbante listado que llamaba la atención. Ni siquiera me miró, llamó al camarero y pidió un pastís.

En ese momento entró una pareja de ancianos; él llevaba un violín y ella pidió permiso para cantar. Desde el mostrador, el dueño hizo un gesto afirmativo con la cabeza, y sonó *La vie en rose*, que era una canción que siempre me había traído buen humor y buena suerte.

Apuré mi vaso de vino y comenté en voz alta:

—¡Qué bien me sienta esta canción!

Se trataba de conjurar la posible amenaza de una nueva desgracia.

—Pues a mí me entristece —dijo la joven turista.

—¿Y cómo es eso? —acerté a decir, todavía sin salir de mi sorpresa.

—Es que desde que llegué a París todo me entristece.

—Hay cosas muy interesantes para ver aquí —reaccioné—. ¿Conoces, por ejemplo, Montparnasse?

—Todavía no he tenido tiempo.

—Te gustaría. Es mi barrio, y lo sé casi todo sobre él. Si quieres, puedo mostrártelo. Estoy seguro de que perderías la tristeza de vista.

Se puso muy teatral y dijo:

—¡Oh! Eso es imposible, porque desde niña habitó en mí siempre una firme voluntad de estar triste. Y nada ni nadie podrá apartarme de mi voluntaria melancolía.

Me explicó que su tendencia a la tristeza se había acentuado al llegar a París. Hablamos de esa ciudad, de su cielo gris ceniza, de los puentes y de sus poetas. Cuando hubo transcurrido una media hora, ella dijo:

—Bueno, ¿por qué no vamos a ver cómo es tu querido Montparnasse?

En el trayecto en metro fui sabiendo más cosas de ella, pero me pareció que deseaba impresionarme y que estaba inventándose una personalidad falsa. Dijo que se llamaba Jeanne d'Horizón (un nombre tan bello como poco creíble) y que poseía el título de condesa. Hacía un año que en su país, una isla del Caribe, había perdido a toda su familia, padres y hermanas, en un accidente de aviación. Desde entonces viajaba huyendo de su cálida y seductora tierra, viajaba con el único afán de visitar los manicomios de todas las ciudades a las que el azar la llevara. Creía que era esto lo único que podía hacerle olvidar, de vez en cuando, la tragedia de su vida.

—¿No será que hallas placer en la tristeza? —le pregunté.

—Soy un universo interior de tristezas organizadas —me dijo. La frase no me pareció nada espontánea, sino más bien aprendida de memoria. Iba a decírselo pero, en aquel momento, al dejar atrás la estación de metro, topamos con un vistoso grupo de acróbatas con zancos que, vestidos de dominós o arlequines, danzaban en torno a una gigantesca bata de seda que un cartel anunciaba como procedente de Bujara.

—Es hermoso tu barrio —comentó. Y entonces yo, señalando mi casa, le sugerí que podía verlo todo mejor desde mi ventana. Intenté ver la expresión de sus ojos, pero ni me contestó ni me miró. Pensé que me había precipitado y me apresuré a añadir que, de todos modos, lo de subir a mi casa podíamos dejarlo para cualquier otro día.

Cuando entramos en el Perec, que aparecía repleto de clientela y de humo a aquellas altas horas de la noche, yo ya sólo pensaba en cómo hacerlo para acostarme con ella. En realidad, era lo único que me interesaba. Pedí una botella de vino y le pregunté a Jeanne d'Horizón por los manicomios que había visitado en su viaje desesperado por el mundo.

Me dijo que en uno de ellos, en el de Venecia, había encontrado a un loco de barba canosa que estaba convencido de que si él amenazaba ruina física no era porque estuviera envejeciendo sino porque era el Palacio de los Antiguos.

Fingí mucho interés y atención por todo cuanto hablábamos. Y cuando ella agotó las anécdotas en torno a manicomios, me dediqué a hablarle de mi oficio, del arte de modificar la voz y embaucar al público.

Intenté hacerle una pequeña exhibición y que el camarero, a través de mí, cantara una canción desde el mostrador. No lo conseguí, hice el ridículo. Una vez más, mi propia voz fue mi peor enemigo. Intenté paliar el desastre probando conmoverla con un par de historias de ventrílocuos fracasados.

—Está bien tu oficio —reflexionó en voz alta—, pero me parece una actividad en decadencia. Es algo, cómo te diría yo, algo muy anticuado.

A modo de protesta traté de imitar su meliflua voz, pero volví a fracasar, y lo único que me salió fue una cadena de gallos a cual más espeluznante. El esfuerzo, además, me dejó ligeramente ronco. Pero, en compensación, mi voz ya no era exactamente mi voz.

—Ser condesa también es algo muy anticuado —dije, y mi voz sonó parecida a como había deseado yo siempre que sonara, algún día, la de mi muñeco Yazalde.

Ni me oyó porque se había quedado mirando cómo los camareros colocaban las sillas sobre las mesas y cómo las conversaciones, ante el inminente cierre del local, se volvían ásperas y cada vez más acaloradas.

—Son como niños —comenté con voz ligeramente rota y agrietada.

—Yo maté a una niña. Para entrar en la juventud tuve que asesinar a la niña que habitaba en mí. Fue algo sumamente doloroso, créeme.

Sus palabras sonaron como el eco metálico y sordo de la voz de Pedro. Todavía no me había repuesto de la sorpresa cuando me llegó otra al apurar ella su vaso de vino y decirme con el acento propio de la seducción:

—Bueno, ¿por qué no me enseñas todo eso que puede verse desde tu querida ventana?

La tercera, y en este caso desagradable, sorpresa llegó cuando, al entrar en el portal de mi casa, vi que en el buzón alguien había depositado un pequeño paquete de color rosado. Muy irritado, lo abrí esperando encontrarme otra vez con recortes de uñas y de cabellos, pero no era eso lo que contenía el paquete, sino una lengua en descomposición. Un papel pinchado con un alfiler aclaraba: «Es una lengua de gato». Conseguí que Jeanne d'Horizón no viera nada de todo aquello y, sin perder la calma, arrojé a la calle el paquete. Ella me preguntó si reaccionaba siempre así ante mi correspondencia.

—No soporto los regalos de mis admiradores —dije.

Hubo todavía una cuarta sorpresa porque, al entrar en mi apartamento, ella no permitió que la abrazara ni que intentara besarla, ni nada de nada. Se revolvió bruscamente y protestó con inusitada fuerza:

—No esperaba esto de ti. Francamente, me has decepcionado.

A duras penas acerté a excusarme. Ella se dirigió a la ventana, pero no miró a través de la misma sino que me miró a mí con verdadera rabia y dijo:

—Además, eres un perfecto ingenuo. Las cosas no son, muchas veces, como parecen. Ni siquiera se te ha ocurrido pensar que, por ejemplo, un amigo habría podido ofrecerme un regalo, un magnífico regalo, a cambio de que nos divirtiéramos él y yo a tu costa.

—¿Y quién podría estar interesado en una cosa así? —pregunté algo extrañado. No me contestó y pensé que era debido a que mi voz, ya decididamente ronca, había sonado ininteligible. Pero poco después ella demostró que me había oído perfectamente porque se giró hacia mí y dijo:

—¿Así que quieres saber quién podría estar interesado en fastidiarte? ¿No es eso? Pues es bien sencillo. Alguien, por ejemplo, a quien podría encantarle hacerte creer que soy una mujer fácil para luego frustrar ampliamente tu deseo.

Pensé que todo aquello lo estaba utilizando como excusa para no hacer el amor conmigo. Pero también pensé lo contrario. Tal vez aquellas palabras no buscaban más que retrasar la satisfacción de mi deseo para que así me excitara todavía más. Eso hizo que la abordara con renovado empuje, pero ella me zarandeó con fuerza y me estampó en pleno rostro dos soberbias bofetadas. Para no caerme me agarré a una cortina que se desplomó sobre mí.

Ciertamente confundido, me incorporé y le pregunté qué clase de música prefería oír. Dijo que ninguna en absoluto. No sabiendo ya muy bien qué hacer, miré por la ventana y entonces me pareció ver a un joven muy alto, de pelo negro ensortijado. Apoyado en una farola de la calle Diderot, parecía estar espiándonos. Miré mejor. Algo en su rigidez y en la inestable posición de sus pies sobre el asfalto me sugirió que se trataba del mismísimo Pedro. Sin embargo, me resultaba difícil estar completamente seguro de que era él, porque las sombras nocturnas y la distancia me impedían ver con toda claridad. En todo caso, creí llegada la hora de que me enojara. Dudé en cómo hacerlo hasta que por fin dije:

—¿Puedo saber por qué has subido hasta aquí si no quieres oír música, no quieres estar conmigo y ni tan siquiera te dignas mirar por la ventana?

Encendió tranquilamente un cigarrillo, sonrió y, tras enderezar su turbante, dijo:

—Mira que eres terco. Ya te lo he dicho, ventrílocuo, he subido hasta aquí para frustrar tu deseo.

En esta ocasión su voz sonó muy vulgar, muy alejada de los registros exquisitos de una condesa caribeña. Volví a mirar por la ventana. El espía se había desvanecido en la noche.

—Vamos a ver —dije—, ¿conoces a Pedro?

Ella apagó su cigarrillo y, burlándose sin duda de mí, dijo:

—Tienes unas orejas horribles.

Y estiró el cuello.

—¿Conoces a Pedro? —insistí.

—¡Poliedro! —respondió, y me sonó como un insulto.

—¡Basta! —grité—. Voy a violarte. Precisamente sé mucho de violaciones. ¡Mucho! ¿Me oyes?

No la asusté nada. Encendió otro cigarrillo, echó humo en mis ojos y, de una forma desafiante, me dijo que tomara precauciones para que no fuera ella la que me violara todavía más de lo que me había violado. Su seguridad y cinismo me desarmaron definitivamente. La acompañé hasta una parada de taxis y, a última hora, caí en la debilidad de preguntarle si volveríamos a vernos alguna otra vez.

—Lo dudo mucho —dijo—, porque antes olvidé decirte que mañana mismo me voy a Marsella, donde, por cierto, hay un manicomio de gran interés. Allí estarías tú a las mil maravillas. *Ciao*. Que duermas bien.

Cuando el taxi arrancó vi las luces de un coche que, avanzando lentamente hacia mí, de pronto aceleró la marcha e intentó atropellarme, lo que yo evité en el último segundo dando un salto instintivo que no impidió, de todos modos, que diera con todos mis huesos en la acera y quedara ligeramente magullado, y sobre todo muy magullado mi ánimo, ya que era evidente que acababan de intentar asesinarme.

Aquella noche dormí muy mal. Caí en el pozo negro de una pesadilla en la que, en primer lugar, apareció la lengua de gato moviéndose al compás de la música de unos gusanos. Poco después, la lengua viajaba en taxi y, al negarse a pagar el importe del trayecto, acababa transformándose en una figura de smoking negro en la que distinguí al mismísimo Pedro convertido en ventrílocuo y manejando con cierta fatiga un muñeco que era la réplica exacta de Jeanne d'Horizón. Las palabras del muñeco, que sonaban como el eco sordo y metálico de la voz de Pedro, hablaban de la profunda tristeza que confería el mal de la juventud.

De pronto un foco muy potente iluminaba a Pedro, que, agitando un sombrero rojo y dirigiéndome miradas de profundo y desatado odio, iba acercándose lentamente hacia mí hasta acabar acurrucándose a mi lado y susurrarme al oído:

—Te estoy apuntando con un tirachinas, soy un criminal infantil. Y tú eres un sapo grande, horrible, de piel rugosa. Te tengo en mi punto de mira y la piedra va a dispararse de mi mano. Tu voz me pertenece ahora a mí. Si eres valiente prueba a imitarme, como te imito yo. Y búscame. Búscame, aunque ya me hayas encontrado.

Desperté muy alterado en mitad de la noche. Una capa de pintura del techo se desprendió y cayó sobre el vaso de agua que tenía yo preparado para una aspirina. Cerré los ojos ante tanta adversidad. Ya no me cabía la menor duda, no era preciso que le diera más vueltas al asunto. Era Pedro quien había violado y degollado al hermano de Marguerite, quien había tropezado a propósito conmigo frente a la Sorbona, quien me había enviado paquetes de color rosado, quien había colocado aquella piel de plátano para que me rompiera la cabeza, quien había fregado aquel lavabo del hospital para que patinara al amanecer, quien había colocado boca abajo el muñeco que se creía el emperador de Abisinia, quien había contratado a una actriz para burlarse de mí, quien había intentado atropellarme y asesinarme.

Era él, era él. Mis sospechas de que alguien en la sombra manipulaba con malicia los hilos de mi destino se confirmaban plenamente. Era él, era él. Se me escapaban los motivos por los que se había convertido en mi odiador particular, tal vez no había ni siquiera motivos, quizá su feroz odio a la humanidad había decidido volcarlo gratuitamente sobre una sola persona y me había elegido a mí.

Tanto daba, la cuestión estaba en que yo tenía un odiador, y no era como para tomarlo a la ligera. Estaba pensando en todo eso cuando de repente me llegó el presentimiento de que la pesadilla me había arrebatado algo muy personal.

Encendí la luz y, bajo la lámpara de lágrimas de cristal, probé a hablar con mis muñecos, y entonces vi que no me equivocaba y que, en efecto, me faltaba algo muy personal: mi voz ya no era exactamente mi voz; sonaba muy distorsionada, y sus registros se habían hecho más variados.

Había perdido mi propia voz.

No sabía en verdad quiénes eran ni por qué habían acudido a mí en aquel frágil instante nocturno de miedo y aspirina, pero lo cierto era que alguien había convocado en mi casa las voces de diversos personajes que narraban pasajes de su vida.

Me había librado del principal enemigo de mi oficio, porque mi voz propia ya nunca volvería a ser la misma y porque, al mismo tiempo, me había disgregado en otras voces, yo diría que ejemplarmente: voces de muñecos que, a partir de aquella noche, iban a gozar del lujo de una vivencia diferida.

Yo era ya uno y muchos. Eso me dije y, en mitad de la noche parisina, sentí un agradable estremecimiento, como una premonición de que las cosas, para mí, iban a cambiar.

Y así fue porque, por si fuera poco, al día siguiente, bajo un cielo encapotado y con un frío de mil demonios, mi odiador tomó su maleta y dejó la ciudad. Y con él se fue mi mala sombra. De eso estoy más que seguro, pues a partir de aquel día cesó la extraña racha de adversidades. Me esperaban en la vida otras contrariedades, pero más espaciadas y, sobre todo, distribuidas de forma más civilizada y no tan arbitraria.

Todo cambió tanto que incluso comencé a verme favorecido por la diosa Fortuna. Los adelantos que, al librarme de mi enemigo, había hecho yo en mi oficio, me abrieron las puertas del teatro Antoine y empecé a ser respetado como ventrílocuo y fui haciéndome con un discreto pero sólido prestigio que acabó derivando en cierto éxito internacional. ¡Qué odiador más simpático! ¡Y qué gran favor me hizo! Según mis informaciones, vive hoy en día en una remota isla del Pacífico Sur. Allí probablemente guarda mi voz en una de esas cajitas de plata de las que tan orgullosos están los coleccionistas de odios gratuitos.

OTRO MONSTRUO

No pude dormir en toda la noche y, si bien eso era algo habitual en mis viajes en tren, el insomnio no fue en esa ocasión como los demás y se caracterizó por la aparición impertinente y casi obsesiva de una luz que surgía de la oscuridad en cuanto apagaba la lamparilla del coche-cama. Era una luz de crepúsculo, gris algodonada y ligera, misteriosamente triste, con bancos de bruma a lo lejos: una luz melancólica que no recordaba haber visto nunca antes, ni en pintura.

Con las primeras luces del día, me refugié en la lectura de una de esas novelas de formación en las que el personaje va curtiéndose o madurando al hilo de la experiencia: en realidad un cuento y un engaño como cualquier otro, pues la experiencia (ahora creo ya saberlo) no sirve para nada.

Hacia las diez de la mañana llegamos a San Sebastián y, tal como se me había anunciado por carta, nadie me esperaba en la estación. Me quedé contemplando a un solemne excéntrico que se dedicaba a pintar, con los ojos vendados, un cuadro que, tratando de representar el viejo hotel de la estación, sólo acertaba a ser un garabato que recordaba un árbol talado.

Sonreí discretamente y recordé una escena parecida, veinte años antes en Ceuta, cuando al incorporarme al servicio militar vi a un legionario que pintaba, con los ojos emboscados tras unas gafas oscuras, su propio fusilamiento.

Abrí mi paraguas para protegerme de la incómoda llovizna, desplegué mi carta-mapa y fui alejándome de la estación, marchando a pie hacia el funicular de Igueldo.

Un cierto temor me invadía, y era lógico, pues las líneas que Julio me había enviado no permitían sentirse muy optimista: «Veinte años ignorándome, y ahora decide venir a visitarme. Muy bien, allá usted. Le adjunto un mapa para que dirija sus pasos hacia Villa Estefanía, donde le espera mi hospitalidad, pero también mi látigo y mi cólera».

No estaba nada mal escrito tratándose de un joven de diecisiete años. Pensando en todo eso, llegué al pie del funicular y comencé a ascender por solitarias callejuelas que fueron acercándome a las dos grandes ánforas de piedra de las que, en efecto, surgían dos espirales de cactus, muy bien dibujadas por Julio. Más allá podía verse la casa, triste y señorial. Seguí avanzando tras superar el obstáculo de una odiosa verja de hierro, protegida por unos mastines que, ante mi sorpresa, me mostraron respeto. Cuando ya estaba cerca de la casa, un joven calado hasta los huesos salió de detrás de un árbol y se puso a andar junto a mí silbando lo que me pareció una tímida canción apache.

Era Julio, lo comprendí enseguida. Le saludé pero él, sin mirar ni contestarme, siguió silbando, andando con pasos oblicuos y salvajes que apartaban con energía la hojarasca del sendero. Julio era bastante parecido al que había ido imaginando yo a través de las cuatro fotografías que de él había visto. El abundante cabello, que llevaba recogido en la nuca, era de un moreno incierto. Los ojos, grandes y redondos, desorbitados, duplicaban la transparencia de un cutis de vidrio y sin excesivos afeites. Era nervioso y ágil, alto y fuerte, de apariencia rara y, al mismo tiempo, ingenua, muy parecido a su madre.

Lo primero que hice fue reprocharle amistosamente su arrogancia y, sobre todo, el que no quisiera hablarme.

—Es que hay días en los que uno prefiere no comunicarse —dijo muy insolente, casi desafiante.

—¿Sabes que has crecido muy deprisa? —le dije, cariñoso, intentando una mayor aproximación—. Eres muy alto para tu edad. Yo, en cambio, tardé mucho en dar el estirón. Claro está que una generación no tiene por qué parecerse a la otra...

—Me gustaría saber qué ha venido usted a hacer aquí.

Había ido a Villa Estefanía para saber cuál era el estado de cosas después de la muerte de Elena, y porque cierta obligación moral se había despertado en mí cuando supe que Julio había perdido a su madre. Pero, en lugar de decírselo así, pasé a describirle la misteriosa luz del crepúsculo, gris algodonada y ligera, que me había impedido dormir desde que saliera de Barcelona.

—¡Dejarse de tonterías! —ordenó—. Ahora mismo usted decirme por qué presentarse aquí con su ridícula sombrilla.

—No es una sombrilla, es un paraguas.

—Yo repetir y tener poca paciencia. Querer saber qué venir usted a hacer aquí.

Me dije que, puesto que él estaba haciendo el indio, iba a hacerlo yo también.

—Venir a darte consejos que buena falta hacerte —le dije.

Quedó tan desconcertado que fue como si la música paternalista de mis palabras («Aquí estoy yo con mi experiencia...») hubiera aplacado a la fiera salvaje que habitaba en él, pues casi se doblegó de ternura ante una hoja del sendero. Y tuve la impresión de que, a través de mis consejos, podía ganarme su confianza.

—No te unas nunca a nadie —le aconsejaría más tarde.

Pero eso se lo dije cuando llegamos a la puerta de la casa. Antes le estuve hablando de Elena, su madre.

—Era una mujer muy inteligente —le dije—. Tenía una personalidad casi excesiva y, aunque tú no me creas, yo la amé, la amé profundamente. Pero no estábamos hechos para vivir juntos. Lo probamos en Ceuta y más tarde en Barcelona, y resultó un desastre. Pero eso no quita que yo la amase; la quise con toda mi alma.

Julio me escuchaba con la mirada perdida en un enigmático horizonte.

—Y debes saber, por si no lo sabías, que yo me separé de tu madre siendo consciente de que, cuando tú nacieras, no te faltaría de nada y quedarías en inmejorables manos. Después de todo, los hijos son siempre de las madres.

—Excusas —dijo con cierta insolencia.

—No necesito excusarme de nada, Julio. Tal vez te parezcan horribles, a partir de ahora, ciertas verdades que oirás de mí. Pero es necesario que sepas, por ejemplo, que este mundo no es un baño de rosas. Y que la vida, lejos de Villa Estefanía, es dura, seca y repugnante.

—Excusas —repitió él, algo menos insolente.

Toda la arrogancia de su látigo parecía haber desaparecido cuando llegamos a la puerta de la casa, y yo, que no había cesado de aconsejarle cosas, le recomendé que no conviviera nunca con nadie.

—¡Nunca! ¿Me oyes? No hay que unirse nunca a nadie, a nadie. Estamos solos y, puesto que moriremos solos, más vale que aprendamos a vivir solos.

Nada más abrirnos la puerta, el mayordomo le recomendó a Julio que se cambiara de ropa, y yo no perdí la ocasión para darle un nuevo consejo.

—Al estar tan mojado —le dije—, corres peligro de resfriarte, de modo que lo más conveniente sería que te cambiaras de ropa.

Me pareció que empezaba a hartarse de mis consejos.

—Ya lo haré —dijo—, ya lo haré, pero antes quiero que veas tu cuarto.

Me condujo hasta una estancia de gran luminosidad, presidida por la figura de un joven decadente que había yo dibujado en Ceuta: una acuarela de espantoso gusto que, por lo que pude saber, era lo único que Elena había conservado de mí.

Buena parte de la mañana la pasé en mi cuarto deshaciendo la maleta y bebiendo vodka con pimienta hasta que quedé algo aturdido y tuve que poner mi cabeza bajo el grifo. A la hora del almuerzo, bajé al comedor y encontré a Julio sentado frente al piano dibujando, una y otra vez, el rostro de un joven con sombrero de ala ancha: un retrato que repetía sin cesar a causa de las dificultades que siempre hallaba cuando esbozaba la fallida mirada triste y oriental de los ojos y, sobre todo, el rictus de la boca, que era vacío en ocasiones y, en otras, hueco o sencillamente estúpido.

Le vi hacer unos diez retratos de aquel inmaduro joven o, lo que venía a ser lo mismo, de aquel dibujo que parecía condenado a estar siempre inacabado y, al mismo tiempo, a recordar tanto, dicho fuera de paso, al pobre Julio. Le faltaba mucho para ser un hombre, si es que algún día llegaba a serlo, si es que algún día llegaba a ser un dibujo acabado.

—Ser hombre —le dije— es muy peligroso, y solamente pocos lo logran. Es un oficio muy difícil, tanto como ser torero, pues se precisa un gran coraje. Y en el fondo mismo de ese oficio está la tumba.

Me recriminó que hubiera bebido tanto. Y me molestó porque para el alcohol también hace falta coraje, y es otra forma de jugarse la vida.

—Escucha —le dije—, tu dibujo sólo estará acabado el día en que seas de esa clase de hombres curtidos por el tiempo y el fracaso. Esa clase de hombres que, por haber amado demasiado y también por haber exigido demasiado, lo han agotado todo. Y ahora —me hice el beodo—, tráeme en una copa el ocaso, Picasso.

—No sé si seré un hombre —me dijo enfurecido—, pero de momento soy un dibujante y, además, soy poeta y pianista. Y lo que está claro es que soy muchas más cosas que tú, que tan sólo eres un ventrílocuo curtido por el tiempo y el fracaso, ya ves lo que son las cosas.

—¡Ya ves! —Me había herido terriblemente—. ¿Y qué ves? ¿Qué ve el señorito? Nada es lo que ves. ¿Qué vas a ver? Si ni tan siquiera sabes lo que vas a ver. A ver.

Quedó confuso los instantes suficientes como para que yo, bajando la voz y volviéndome reconciliador, le dijera:

—¿En qué piensas, Julio?

—En que en realidad estás curtido por el tiempo y el éxito, y no por el fracaso como dije. Debes perdonarme.

—Así está mejor. Y ahora... ¿en qué piensas, Julio?

—Ahora en nada, no me has dado tiempo.

—Pues, *piensa*. —Elevé mucho la voz, me volví feroz—. Has de pensar en todo, y probarlo todo antes de que sea demasiado tarde. Procura saber quién eres antes de morir.

Julio no se inmutó esta vez. Dijo que se había aprendido mi consejo del revés, y me hizo una breve demostración:

—Morir de antes eres quién saber procura.

Esto me sacó ligeramente de quicio y esbocé una mueca de horror. Julio, imperturbable, sugirió que almorzáramos y volvió a recriminarme que bebiera tanto pues, según él, estaba haciendo tonterías.

Durante la comida, y para descansar, hablamos de fútbol. Y en verdad que fueron los únicos momentos realmente relajados de mi estancia en Villa Estefanía. Hablamos de Matt Busby y del equipo del Manchester United que desapareció en un avión.

Por la tarde, le propuse a Julio que nos convirtiéramos en duelistas a muecas. Le agradó mucho la idea y también las reglas del juego. Él, al igual que yo, debía llevar hasta el final sus muecas más personales, individuales e íntimas, las más hirientes y aplastantes hasta el final, sin suavizarlas.

Yo resulté ser más muecoso. Mi mueca final, cuando con los dedos estiré la boca y todos mis dientes salieron hacia fuera al mismo tiempo que con los pulgares hacía saltar los ojos, fue tan monstruosa que Julio ya no pudo encontrar otra más horrorosa y se rindió.

Por la noche, cuando bajé al salón con la idea de pedirle a Julio que tocara algo al piano, le encontré escribiendo un extenso poema en el que repetía constantemente que la vida era lenta y dulce como la miel.

Lenta y dulce. Lo primero que pensé fue en una metáfora de la heroína. Pero no, Julio no se drogaba. Su poema era, simplemente, melifluo.

—La vida —le dije— es repugnante. Este mundo es infame, muecoso, merluzo, tiburónico, baboso y trinitario. Y la vida no es vida ni es nada.

Se rio. Le hice una mueca espantosa, y rio todavía más. En medio de sus ridículas sonrisitas seguí yo hablando, esta vez más en serio, en realidad muy en serio:

—Con frecuencia, cuando voy a salir a un escenario, de pronto mi gozo desaparece. Todo eso me cansa porque repentinamente pienso, ¿y para qué todo esto? Hoy somos, mañana estamos muertos. Nacemos sin saber por qué. Vivimos, sufrimos, actuamos, admiramos, despreciamos... ¿Por qué? Y morimos para que nadie después sepa que hemos vivido.

Habían ya cesado las sonrisitas cuando yo proseguí así:

—Un día, alguien pronuncia nuestro nombre por última vez. Cae después el silencio, llega el olvido, y es para siempre. Escúchame bien, Julio: no hay que desearle a nadie que nazca. Lo más terrible de todo es saber en qué consiste esta miserable vida y, a pesar de todo, y con la mayor alevosía, tener hijos. Se necesita mucho cinismo, valor y crueldad para una cosa de ese estilo. Aunque desgraciadamente son muchos quienes los tienen. Y es que somos así —hice otra mueca espantosa—, así somos de monstruosos, así.

A modo de única respuesta, Julio volcó enigmáticamente todas sus fuerzas en una mueca ridícula, consistente en juntar todos sus dedos sobre la nariz e imitar el culo de una gallina, y poco después se fue.

A lo largo del día siguiente, Julio me evitó. Pensé que tal vez estaba ofendido o atemorizado. Pero a media tarde me pareció que estaba simplemente pensativo y que daba vueltas a algo importante que quería decirme.

Al fin, por la noche, cuando me había acostado ya, entró

en mi cuarto y me preguntó si sabía de memoria la alineación del equipo del Vasco de Gama de finales de los cincuenta.

—Pues no —dije.

—Y yo tampoco.

—¿Has venido para decirme esto?

—Sí.

Se hizo un prolongado silencio.

—Bueno, no —dijo—. Sí y no. No he venido a decirte nada o, lo que es lo mismo, a decirte algo.

Le noté muy nervioso.

—Verás —dijo enrojeciendo repentinamente—, quisiera, con tu permiso, anunciarte cuanto antes mi próximo matrimonio con Ana Rekalde de Urbieta.

Simulé una actitud displicente y me quedé mirando una falena que revoloteaba en la ventana.

—Mamá lo aprobaba —continuó—, y decía que no había podido elegir mejor esposa. Mañana vendrá a almorzar con sus padres, quiero que la conozcas. Pensamos casarnos dentro de dos meses coincidiendo con mi ingreso en el ejército del Aire. Me presenté voluntario en Aviación y me han destinado a la base de Reus. Estaré cerca de Barcelona y, cuando tú estés por allí, podremos vernos, si quieres. Ana me acompañará a Reus y, si algún día actúas en Barcelona, vendrá conmigo al teatro. Ya tengo ganas de verte actuar. Debes estar la mar de divertido disfrazado de percha cubierta por una sombrilla. Queremos tener un hijo, uno solo de momento, y se llamará como tú. Y también queremos veranear en Zarauz. Y vivir en una casa de Cestona, que vamos a comprar. Sé que, en el fondo, te alegras, porque quiero ser como tú, en el fondo eso ha de complacerte. Y además todo saldrá bien, ya verás, todo saldrá bien.

—Ya verás, ya verás... —fue todo lo que pude decir. Me sentía hundido y tenía los ojos inyectados en sangre, la cabeza apoyada en sus rodillas. Y poco después, le pedí que me dejara solo.

Al día siguiente, por la noche, cuando el tren comenzó a deslizarse por la vía, yo saqué los brazos por la ventanilla y me despedí con una forzada sonrisa. Vi lágrimas en los ojos de la bondadosa y gordita Ana, una notable devoradora de bombones. Julio me lanzó un beso, que puntualmente devolví. Para entonces, ya veía yo a toda la humanidad con los ojos vendados.

Sabía que en aquel trayecto de vuelta (y era curioso pensar que respecto al mundo también iba yo de vuelta, de vuelta de todo) me aguardaba tan sólo el insomnio y aquella luz crepuscular.

Busqué un cigarrillo, no lo encontré y me enfadé, estiré las piernas, apagué la luz, permanecí atento en la oscuridad y vi enseguida bancos de bruma lejanos y aquella tristeza artificial, cada vez menos misteriosa, y me dije con cierto horror y sintiendo sobre mí todo el peso del mundo:

—Somos así, somos así de monstruosos, y nunca aprenderemos.

Eso me dije, y luego busqué otras luces y el imposible consuelo.

LA DESPEDIDA

Con el tiempo, la riqueza y el éxito más bien se convierten en graves molestias, y con ellos la sociedad, y uno acaba por empezar a buscar un agujero en el que esconderse.

Eso pensaba yo, ése era mi estado de ánimo la noche aquélla en Lisboa, con todo el teatro lleno y una expectación descomunal. Yo sabía que, tras el escándalo de la noche anterior en Estoril, el público aguardaba a que diera algún tipo de explicación a lo sucedido. Me dije que esa expectativa me venía muy bien porque me ofrecía la oportunidad de alejarme de los celebrados números de mi repertorio habitual y, por una vez en la vida, obsequiar a mi público con el relato de una historia verídica, dramática, personal.

—Esta noche voy a contarte algo que, sin duda, te conmoverá —hice que me dijera el endeble muñeco despeinado que respondía al nombre de Sansón.

Su voz sonaba tan rota y desgarrada que el público que abarrotaba el teatro lisboeta vio enseguida que aquello estaba fuera de programa, que improvisaba.

—Ella y tú —dijo Sansón abriendo su celebérrima sombrilla de marinos y celestes matices— os visteis por primera vez en la ciudad de Sevilla, unos años antes de que alcanzaras el éxito. Ella se llamaba Reyes y era en aquellos días una cantante que había perdido de forma pasajera la voz. Os citasteis en la plaza de San Lorenzo, frente al Cristo del Gran Poder.

Ella había contestado al anuncio en el que solicitabas un ayuda de cámara. ¿Te acuerdas, Gran Greppi?

Di dos pasos sobre el escenario, descorché una botella de Rosé de Provence y dije que sí, que me acordaba.

—Os enamorasteis los dos en cuanto os visteis —continuó Sansón—, y ella aceptó de inmediato el trabajo, a pesar de que le ofreciste menos dinero del que tenías pensado. Una mujer siempre arruina la vida de un artista. Debiste pensar eso y de ahí que le rebajaras la paga.

Llené de vino mi copa, bebí pausadamente y luego le recriminé que enfocara de aquella forma la historia.

—¿Y de qué otro modo se puede abordar una historia trillada de amor y celos? —me dijo.

Sequé el sudor de mi frente con una toalla en la que estaba estampado un Buick azul marino. Era un gesto tan característico mío que no sólo todo el mundo asociaba el automóvil con mi frente, sino que, además, mis detractores, cuando deseaban burlarse, me llamaban el Gran Buick.

—¿A que adivino lo que estás pensando? —dijo Sansón cada vez más insolente.

Como no contesté, siguió hablando.

—Piensas en Reyes y en cuando ella juró amor eterno a tus muñecos y dijo que los vestiría, peinaría y cuidaría como si fueran sus hijos. Aquella tarde no la podrás olvidar nunca. Reyes te llevó a una fiesta en casa de un amigo suyo y presenciaste un atardecer lento, moroso, de cielo móvil ensangrentado....

Hizo una pausa y añadió:

—En casa del barbero de Triana.

Cerré los puños. Nombrar al barbero y sentir yo una rabia incontrolable fue todo una misma cosa. Sansón, además, aún parecía más incontrolable que mi rabia, y estaba como declarándose en completa rebeldía. Se lo dije, pero simuló que no entendía una sola palabra. Cerró bruscamente la sombrilla (que era de Java) y, rompiendo en llanto, dijo con voz soñadora y casi ausente y repentinamente femenina:

—¡Ay! Sólo soy una sooombra.

Y estiró el cuello, y a continuación dijo:

—Sólo soy un muñeco, Gran Greppi. No puedes pretender que lo entienda todo.

El público, al ver que Sansón había recuperado sus señas de identidad, sonrió como solía hacerlo siempre que mi muñeco, imitando precisamente la voz de Reyes, bruscamente se afeminaba. Sansón se había hecho muy popular gracias a esas dos frases que puntuaban todas sus actuaciones.

En un alarde de técnica hice que, durante un rato, se oyeran al mismo tiempo el llanto de Sansón y mis palabras. Hablé de los días estériles en los que, en compañía de Reyes, desperdiciaba mi talento en giras mal pagadas. Cuando me cansé de hablar de los días grises, hice que cesara el doble llanto y que Sansón me interrumpiera diciendo:

—Recuerdo que ella te juró que haría todo lo posible para que alcanzaras la fama que merecías. Una noche, saliendo de ver *El Gran Gabbo* y mientras hablabais de Von Stroheim, te sugirió que cambiaras de nombre artístico. Desde entonces eres el Gran Greppi.

Volví a llenar de vino mi copa, me sequé la frente con el Buick, bebí y dije:

—Pero el éxito no acababa de llegar. Y no había día en que alguien no se burlara de mi nombre, de mis pretensiones. Creo que comencé a enloquecer. En las calles de las ciudades que visitaba oía batir alas de pájaros, fieras que rugían, árboles que susurraban estupideces sobre mi cabeza.

En ese momento observé que mi muñeco, procedente de la caótica colección de personajes que en un artista pasa por ser su identidad, deseaba abrirse ya, a codazos o como fuera, su camino hacia el público y ofrecerle a éste una versión más ajustada de la realidad de los hechos.

—No sé por qué —dijo el centinela de la verdad— hablas de fieras que rugían y de árboles que susurraban cuando los signos externos de tu locura nunca fueron ésos, y tú bien que lo sabes. Tu demencia se hizo patente cuando comenzaste a ser amable y cariñoso con Reyes tan sólo cuando te dirigías a ella a través de mí, tan sólo cuando lo hacías con mi voz y no con la tuya. Si eras tú quien le hablaba lo hacías en una lengua inventada y a gritos, con una agresividad atroz. Te dividiste en dos, Gran Greppi, y la pobre Reyes comenzó a pasarlo muy mal, pues veía que era amada por un muñeco y despreciada por ti.

Sansón quedó pensativo y yo me quedé mirándole como agradeciéndole que se desviviera tanto por mí y hubiera sabido corregir mi tendencia a desvirtuar algo la realidad. Después, le dije:

—Todavía hoy me pregunto cómo pude actuar de aquella forma tan salvaje. Recuerdo que pasé a insultar a Reyes a todas horas acusándola de descuidar el camerino, mis trajes, los muñecos. Acusándola de mi fracaso profesional.

—Y para colmo empezaste a sentir celos de mí —dijo Sansón golpeándome con la sombrilla.

Me sacó de quicio, me molestó el sombrillazo.

—¿Celos yo de un pobre muñeco afeminado?

Hizo como si no me hubiera oído y siguió hablando como si nada.

—La noche —dijo— en que descubrí tus malditos celos, temí lo peor. Estábamos Reyes y yo brindando en el camerino, celebrando que ella hubiera por fin recobrado su voz y que pudiera ya volver a cantar. Al verla con la copa en lo alto cantando *Acércate más* ante el espejo, comenzaste a gritar como un loco. Luego, hiciste que yo imitara la voz de Reyes. Nunca te salían bien las imitaciones, y esa vez tampoco fue la excepción. Pero te engañaste a ti mismo y creíste que Reyes te daba tres segundos para abandonar el camerino.

—Fue espantoso. Enfurecido como nunca, le dije a Reyes que era ella la que tenía tres segundos para dejar el camerino, pues estaba despedida.

—Despedida —repitió Sansón a modo de eco de mis palabras, terriblemente melancólico.

—La pobre se quedó desesperada, reclinada en la butaca que había frente al espejo.

—Estaba de pie —corrigió Sansón mirando con complicidad al público.

—Estaba reclinada. Yo me sentí inmensamente cruel e incluso hice ademán de ir a maquillar sus lágrimas. Después, simulé que tu voz salía del interior de un armario y te hice decir, Sansón, las más solemnes tonterías. Reyes comprendió que era mejor que se marchara y, poco después, desapareció entre las sombras de cristal hilado del camerino. Mi tendencia a la despersonalización y a la simulación me había hecho un flaco favor, porque perdí a Reyes para siempre.

—Nunca hubo sombras de cristal hilado en el camerino.

—Tampoco había armario, pero a mí me complace decir que lo había.

—Es que armario, tenlo por seguro, sí que había.

Parecía satisfecho de su mentira. Arrojó al público la sombrilla. Le ofrecí mi toalla, por si también quería arrojarla. Se limitó a mirarla con estupor, como si buscara descifrar en ella el misterio del universo.

—Sólo encontrarás ahí mi sudor —le dije sonriendo, tratando de reconciliarme con él.

Se quedó inmóvil y embustero hasta que de nuevo su voz se afeminó y dijo:

—Sólo soy un pobre muñeco, Greppi. No puedes pretender que lo entienda todo.

Me molestó bastante que le restase grandeza al nombre de Greppi, pero las dos frases sonaron esta vez tan patéticas y daba él tanta pena que preferí no enfadarme. De la pena pasé al terror (y creo que conmigo todo el público) cuando vimos que la boca de Sansón se cerraba, crispada y femenina, llamándome Gran Buick y mascullando maldiciones. Algunos espectadores incluso se echaron atrás en sus butacas. Intenté mantener la calma y proseguí:

—A los pocos meses de perder a Reyes viajé a París y allí,

tras trabajar de taxista y más tarde en un cabaret de mala muerte, llegó un día en que empecé a ser reconocido como artista.

Miré de reojo a Sansón y vi que éste se comportaba ya como si le hubieran cosido la boca. Quise infundirle ánimos y le dije:

—Y creo que ese reconocimiento me llegó gracias a ti, Sansón. Todo gracias a ese brusco cambio de voz con el que imitaba a Reyes y que tanto complacía al público.

No animaron mis palabras a Sansón, de modo que continué hablando yo.

—Fui siendo reconocido, pero no tenía a Reyes a mi lado, y fui convirtiéndome en un hombre huraño, en un extravagante solitario que iba a todas partes siempre acompañado por ti, Sansón. En los restaurantes, por ejemplo, se nos veía a los dos sosteniendo raras conversaciones en voz alta. Yo te hacía hablar mientras al mismo tiempo masticaba mi bistec, y eso fue aumentando aún más mi fama y mi prestigio. Pero todo es un asco, te lo digo yo, Sansón. Llega un día en que la riqueza y el éxito más bien se convierten en graves molestias, y con ellos la sociedad, y uno acaba por empezar a buscar un agujero en el que esconderse.

Volví a mirar a Sansón pero vi que tenía ya definitivamente cosida la boca. Me supo mal, pero me sentí más libre y relajado. Ésa es la verdad.

—La verdad —dije— es que la infelicidad potenció aún más mi arte, y me fui convirtiendo en un virtuoso de las voces. Creo que, cuanto más desgraciado es uno, más posibilidades tiene de desarrollarse artísticamente. Y en fin, pienso que eso demuestra que la creación es imperfecta. ¿No les parece?

El público permaneció en respetuoso silencio.

—Y en fin, mentiría si no dijera que busqué a Reyes por medio mundo, sin encontrarla. Hasta que de repente, un día, sin moverme de una habitación de hotel, su nombre apareció en la lista que los empresarios de esta gira por Portugal me mostraron al contratarme como primera figura del espectáculo.

Un rumor sordo me llegó de detrás del escenario, y hubo un intento frustrado de bajar el telón y acabar con mi número. Yo continué como si nada, cargando de dramatismo y veracidad mis palabras.

—Entre los artistas ya contratados se hallaban Reyes y el barbero de Triana que, por lo visto, formaban una pareja musical que gozaba en aquel momento de un discreto éxito en un cabaret de Oporto. Lo único que pensé al ver el nombre de Reyes fue en si ella estaría todavía enamorada de mí.

Me pareció que Sansón estaba furioso, tal vez porque tenía cosida la boca. Se produjo un torbellino de miradas vertiginosas entre él y yo, hasta que situé al muñeco en una posición que no le agradaba. De perfil. Era mi forma habitual de castigarle y de ponerle sobre aviso de que podían seguir males peores. Luego, continué hablando. Habían cesado los rumores de detrás del escenario.

—Cuando en Oporto, donde se inició esta gira que hoy llega a su final, volví a ver a Reyes, hice que Sansón le dijera que yo era infinitamente desgraciado desde que la había despedido entre las sombras de cristal hilado de aquel camerino con armario. Reyes me miró como incrédula y me pareció que entristecía, y pensé que seguía enamorada. Y lo cierto es que, a lo largo de los primeros días de la gira, se mostró preocupada por mí y hacía frecuentes incursiones en el camerino. Ponía, con sus visitas, orden en mi desorden. Todos mis muñecos volvieron, como antaño, a dormir en sus cajas de cartón. Yo recuperé la alegría hasta que, una noche, me decidí a hablar con Reyes directamente, sin recurrir a Sansón. Le pedí que volviera a ser mi compañera, le dije que la amaba y que siempre la amaría. Siguió un terrible silencio, unas lágrimas en los ojos de Reyes, y la confesión, por parte de ella, de que desde que me había visto en Oporto yo sólo le había inspirado compasión.

Hice una pausa para beber vino y estudiar al público, al que vi algo inquieto ante las renovadas oscilaciones del telón.

—Y eso no fue lo peor —proseguí—. Lo peor llegó cuando me dijo que estaba muy enamorada del barbero de Triana y que iba a casarse con él. Estaba enamorada de ese pobre merluzo que, como todos los barberos, se cree cantante. ¡Qué horror! Supe que pensaban casarse cuando terminara esta gira, es decir, que van a casarse mañana —aquí di un grito espeluznante, de animal herido—, y eso me destrozó. A partir de aquel día empezó a vérseme despeinado y llevando a Sansón hecho un ovillo, por todos los teatros de Portugal. Ya sólo pensaba en detener el tiempo y evitar que la gira llegara a su final. Enloquecí. Un día me creía que era una figura del museo de cera de una ciudad nevada, y al día siguiente creía ser un maniquí de feria de un pueblo calcinado. Mi arte, como es lógico, se resintió de tanto desvarío. Hasta que llegó la noche de ayer en el casino de Estoril, cuando vi que, para colmo, Reyes y el barbero seducían a todo el público con aquella versión tan acaramelada de *Acércate más*. Irrumpí furioso en el escenario y golpeé con mi querida sombrilla al imbécil del barbero y le canté el estribillo de una canción popular.

Sansón parecía ya totalmente ausente. Hice una pausa para confirmarlo y luego canté, con gran afectación, el estribillo que ya se cantaba por toda Lisboa:

No te cases con ella, que está besada,
Que la besó su amante, cuando la amaba.

En ese momento una mujer hermosa, a la que yo podría haber amado, dejó de apoyarse en una de las columnas del teatro y enfiló lentamente el pasillo en busca del vestíbulo y de la salida. A modo de colofón comenté que todas las penas pueden soportarse si se introducen en una historia o se cuenta una historia acerca de ellas. Después, repetí el estribillo, di un nuevo grito de animal herido y, mientras descendía lentamente el telón, tuve tiempo de ver cómo parte del público, puesto en pie y comprendiendo que me despedía para siempre de la escena, premiaba mi desgarro y aplaudía enfervorecido, agradeciendo tal vez que, por una vez en la vida, les hubiera contado una historia verídica, dramática, personal. Vi a la mujer desvanecerse discretamente en las sombras del vestíbulo incierto de la memoria.

MAR DE FONDO

Yo tenía un amigo. En esos días únicamente tenía un amigo. Se llamaba Andrés y vivía en París, y a esa ciudad viajé para verle, y él se alegró de mi visita. La misma tarde en que llegué a París, me presentó a Marguerite Duras, que era amiga suya. Lástima que esa tarde había yo tomado dos o tres anfetaminas. Solía tomar esa ración a diario, convencido de que podían ayudarme a imaginar historias y a convertirme en un novelista. No sé por qué estaba tan convencido de una cosa así cuando en realidad no había escrito una sola línea en mi vida, y las anfetaminas eran, en gran parte, culpables de eso. Además, a causa de ellas, había perdido todo mi dinero en salones clandestinos de juego, en Barcelona.

Arruinado, había viajado a París, y mi amigo me prestó dinero y me presentó a Marguerite Duras. Andrés era una de esas personas que creen que la compañía de brillantes escritores ayuda a escribir bien.

—Quedó libre una de mis buhardillas —me dijo Marguerite Duras en cuanto me vio.

Si yo no hubiera tomado aquellas malditas píldoras habría actuado con rapidez y habría dicho que me interesaba alquilarla. Pero las anfetaminas producían en mí efectos siempre nocivos. Se me quedaban los ojos muy abiertos, ardiendo como faros. Y enmudecía. Todo lo que pensaba me parecía inútil expresarlo, puesto que ya lo había pensado. Y para colmo perdía el hambre. Y no digamos las ganas de escribir.

Estábamos frente al café de Flore. Al ver que yo balbuceaba unas sílabas que no acababan de cuajar en palabra alguna, mi amigo Andrés inauguró una serie de amables gestos hacia mí y, en su curioso francés de acento vallecano, acudió en mi auxilio manifestando mi rotundo interés por aquella buhardilla que estaba situada en un inmejorable lugar de Montparnasse. Y así fue como, sin mediar palabra por mi parte, Marguerite pasó a mostrarse dispuesta a convertirse en mi casera. El precio era muy asequible y en él estaba incluida una invitación a cenar en casa de ella al día siguiente. En realidad, el precio era simbólico. A Marguerite le complacía poder ayudar a jóvenes escritores necesitados de vivienda.

A la cena acudí con Andrés. Y con dos o tres anfetaminas en el cuerpo. Toda una imprudencia juvenil si se tiene en cuenta que tras la invitación se escondía el deseo de Marguerite de conocerme, saber cómo era yo y si era adecuado alquilarme la buhardilla. Claro está que eso lo supe demasiado tarde. Me lo dijo Andrés cuando ya estábamos frente al portal de la casa. Me azoré y maldije las anfetaminas. Pero, como digo, era ya demasiado tarde.

Nos abrió la puerta Sonia Orwell, que también había sido invitada a la cena. Pasamos a la cocina y saludamos a Marguerite, que se hallaba enzarzada en un singular combate con unos chipirones bañados en su propia tinta y que, nunca supe por qué motivo, saltaban y bailaban en la sartén. Marguerite, con un cigarrillo pendiente de la comisura de los labios, parecía muy entretenida con la rebelión de los chipirones. Uno de ellos saltó tanto que cayó al suelo de la cocina. Ni corta ni perezosa, Marguerite se agachó e inmediatamente lo restituyó a su lugar en la sartén. En la breve operación el cigarrillo cayó sobre los chipirones y quedó frito al instante.

Pasamos al salón dejando que Marguerite terminara de preparar la cena. Sonia Orwell nos ofreció café, y me pregunté si sería una costumbre parisina iniciar las cenas por el final. Pronto salí de dudas. Sonia Orwell aclaró que estaba agotada y confiaba en que el café la reanimara. Tratando de ser simpático, hice un gran esfuerzo y dije:

—Muchas gracias, me encanta el café.

No me gustaba nada. Pero decir eso me dio ánimos aunque tuve la impresión de que iba a resultarme tan difícil tomar café como decir alguna palabra más. Por fortuna, Andrés me echó una mano. Me demostró que era un buen amigo. Como no ignoraba qué clase de efecto me hacían las anfetaminas, se puso a hablar por los dos. Lo hizo en torno al tema del avance colosal del feminismo en el mundo moderno. Yo asentía, de vez en cuando, con la cabeza. Después, habló del general De Gaulle y dijo que estaba cansado de verle gobernar Francia. De repente, empezó a hablar de mí. Contó que hacía tan sólo un día que yo había llegado a París y que la única persona a la que conocía era él.

—Lo que más le ha impresionado de esta ciudad ha sido ver japoneses —comentó Andrés con una sonrisa en los labios que denotaba que me veía como un amigo pero también, en el fondo, como un provinciano.

Luego, contó lo del striptease. Explicó que, nada más llegar a París, yo había encaminado mis pasos hacia Pigalle, donde me había gastado el poco dinero que tenía viendo desnudos que me aburrieron.

—En compensación —dijo Andrés—, una puta alsaciana le dijo que era muy guapo y elogió su jersey y, sobre todo, el color de sus pantalones.

Me sentí bastante avergonzado y, al mismo tiempo, incapaz de enmendar todo aquello ya que no podía hablar.

—A propósito de putas —dijo Sonia Orwell apurando su segunda taza de café—, Marguerite pretende que esta noche vayamos al Bois de Boulogne. Quiere comprobar por ella misma si es cierto todo eso que ha publicado la prensa.

—¿Y qué ha publicado? —preguntó Andrés.

—Nada. Se habla de que allí hay putas vestidas de primera comunión.

Entró Marguerite en el salón y dijo que pronto nos sentaríamos a la mesa, pues tan sólo tenía que terminar de hacer la salsa de curry. Me extrañó. Los pulpos no precisaban de ese acompañamiento. ¿Qué pulpos? Eran chipirones lo que yo había visto en la cocina. Me di cuenta de hasta qué punto las malditas anfetaminas entorpecían mi mente. Miré a Andrés con la intención de que me siguiera echando una mano y que hablara por mí, pero en ese momento él no estaba para eso. Parecía una cafetera. Unas palabras que parecían hervir en su frente subían a presión hacia su cerebro. De pronto, su cabeza comenzó a agitarse frenéticamente, como si estuviera a punto de estallar, hasta que, señalándome con el dedo, le dijo a Marguerite:

—¿Sabes que hasta llegar a París él no había visto en la vida un japonés?

—¿Ni siquiera en el cine? —preguntó ella.

Tragué saliva, recordé varias películas sobre Hiroshima, pero fui incapaz de decir nada.

—¿Y cómo es eso? —insistió ella—. ¿No hay japoneses en Barcelona?

Maldije una y mil veces que Andrés de vez en cuando se olvidara de que yo no podía hablar. Como en esta ocasión tampoco acudió en mi auxilio hice un supremo esfuerzo y, tratando de hacer al mismo tiempo una gracia, dije:

—Están prohibidos por Franco.

En lugar de acompañar la frase con una sonrisa irónica lo hice con la boca muy crispada, la expresión severa y terrorífica. Para disimular intenté tomar el café, pero no pude porque la mano me temblaba y por poco lo derramo sobre la falda de Sonia Orwell. Todos fingieron que no habían visto nada. Les oí hablar durante un buen rato. Después, Marguerite dijo que iba a terminar el curry y se llevó la cafetera. Entendí que el café era el curry de los chipirones. Adiós a la tinta de los pulpos, me dije. Estaba hecho yo un buen lío. Lancé una nueva llamada de socorro a Andrés, pero me salió una terrible mueca desencajada. Marguerite la vio.

—Aquí no nos comemos a nadie —dijo al entrar en el salón manejando esta vez una bandeja en la que había arroz al curry que, por lo visto, era el plato que precedía a los chipirones en su tinta.

Noté la mirada de Sonia Orwell clavada en mí, y tuve la impresión de que empezaba a verme como a un marciano.

—Servíos vosotros mismos —indicó Marguerite.

Cuando me tocó el turno exageré en la ración.

—Se nota que tienes hambre —me dijo Andrés sabiendo perfectamente que no tenía el más mínimo apetito. Pensé que eran ganas de centrar la atención sobre mí y sobre mi plato. Le perdoné porque me pareció que quería hacerme hablar a toda costa y que estaba padeciendo, como buen amigo que era, por la suerte que podía correr yo si no me decidía pronto a comportarme de una forma algo más normal. En el fondo, sabía que obraba con la mejor voluntad.

Probé la salsa y tuve que reprimir un gesto de asco. En cuanto al arroz, supe desde el primer momento que ni lo tocaría. Cuando ellos hubieron terminado sus platos (incluso los rebanaron con abundante pan), todas las miradas confluyeron en el mío, escandalosamente intacto. Esta vez, por suerte, Andrés salió en mi ayuda. Inventó que hacía media hora que yo había sucumbido al encanto de unos pasteles tunecinos.

—Estás descubriendo muchas cosas —dijo Marguerite—. Pasteles tunecinos, japoneses nunca vistos...

—Sí, es cierto —dije lacónicamente.

Di por perdida la buhardilla. No se podía ser más antipático. Pero en aquel momento llamaron a la puerta de la casa. Sonia Orwell insinuó que podía tratarse de Louis Jacquot, un actor de teatro que deseaba adaptar una obra de Marguerite. Supe que se trataba de un infeliz que había incorporado tantos papeles que no sabía quién, en realidad, era él. Oímos hablar a Marguerite en el recibidor y, cuando regresó al salón, nos confirmó que, en efecto, se trataba del actor.

—Ya se ha ido —dijo.

—¿Tan rápido? ¿Y qué quería? —preguntó Andrés.

—Nada. ¿Qué iba a querer? —se adelantó Sonia Orwell—. Lo de siempre. Saber quién es.

Hubo un breve silencio, y luego Marguerite se sirvió una copa de vino y sentenció:

—Pobre hombre.

Andrés se abrazó materialmente a la botella de vino y se bebió cuatro copas seguidas, casi sin respirar. Hubo que descorchar un nuevo Beaujolais.

—¿Así que eres de Barcelona? —me preguntó Marguerite, como dándome una última oportunidad para que dijera algo.

Entonces, como si la pregunta fuera dirigida a él, Andrés intervino para decir:

—Sí, es de Barcelona. Yo, en cambio, procedo de la Atlántida.

A primera vista, podía pensarse que las copas le habían hecho efecto. Pero tampoco había bebido tanto. Más bien cabía la posibilidad, conociéndole como le conocía, de que por fin hubiera decidido comportarse como lo hacen los amigos más heroicos en las situaciones más difíciles. Podía ser que hubiera iniciado una maniobra de distracción consistente en comportarse como un excéntrico para llamar la atención y evitar que siguieran confluyendo sobre mí las peligrosas miradas de inspección y perplejidad. Si era así, había que reconocer que Andrés era un gran amigo.

—¿Así que eres de la Atlántida? —le preguntó Sonia Orwell con una sonrisa en los labios.

—Pues sí —respondió escuetamente Andrés, y tenía lágrimas en los ojos. Al advertirlo nos quedamos todos de una pieza. Se hizo un silencio imponente. Durante un buen rato, mientras comíamos el segundo plato, le oímos hablar del continente olvidado. Evocó, con gestos dramáticos, imágenes marinas que, según él, eran viejos recuerdos de cuando habitaba en su verdadera patria. Nunca había oído a nadie describir con tanta precisión el fondo ignorado del mar. Habló de senderos excavados en las rocas, de esqueletos gigantescos de peces, de conchas y piedras rosáceas como la madreperla. Habló y habló durante rato, más allá de la cena, más allá de la velada y de nosotros. Por un momento, Marguerite le sugirió que tal vez había bebido demasiado.

—No sé dónde leí —dijo él— que cuando se ha bebido un poco, la realidad se simplifica, se saltan los vacíos entre las cosas, todo parece encajar y uno dice: ya está. Eso acaba de sucederme hoy a mí. Podéis pensar que estoy loco o que no digo la verdad. Pero os equivocáis. Para mí hoy todo encaja. Desde niño que vengo intuyendo que, en otra época, yo viví en la Atlántida. Hoy por fin tengo ya la absoluta certeza de que no me equivocaba.

Dicho esto, Andrés dio por liquidada otra botella de Beaujolais.

—Es muy curioso todo lo que cuentas y lo cuentas bien —le dijo Marguerite—, pero resulta muy difícil no pensar que has bebido demasiado o que quieres gastarnos una broma.

Andrés ni se inmutó.

—¿Y me creeréis —dijo— si os hablo de un mar que estaba siempre tan en calma que sus olas apenas se rizaban al rozar el pie de los acantilados? Recuerdo también grupos de aves marinas reposando sobre las aguas más azules que jamás existieron. Recuerdo la honda alegría de todos mis compatriotas, y es que vivíamos al margen de la historia o, mejor dicho, nos insertábamos superficialmente en ella. En todas nuestras ciudades se atesoraba energía. Y, en tal grado, que el cosmos amenazaba con transformarse en ella. Recuerdo, con suma precisión, recortes de hojalata blanca pintados de laca roja en la parte superior. Eran los cebos que utilizábamos para capturar a los peces sumajes, nuestros únicos enemigos.

No estaba claro que estuviera borracho. Aunque había bebido bastante, hablaba con absoluta serenidad y con un sentimiento de nostalgia que, a todas luces, parecía auténtico.

Sonia Orwell, tal vez intentando desviar la conversación, le dijo señalándome a mí, que permanecía en riguroso silencio:

—Tu amigo es muy tímido. No sólo no se ha atrevido a hablar en toda la noche, sino que ni tan siquiera se ha atrevido a abrir la boca para comer.

—Mi amigo —dijo Andrés muy enfurecido— no tiene nada de tímido.

Que se enfureciera de aquel modo parecía demostrar que deseaba evitar que la atención general recayera sobre mí. Pero sus siguientes palabras no confirmaron precisamente esa impresión.

—Mi amigo —añadió— se ha tomado unas anfetaminas y está pensando todo el rato en su novela.

Aquello me pareció tremendo. Se había sacado de la manga una novela que no existía y muy probablemente iba a verme obligado a hablar de ella. Pero no fue necesario porque Andrés se adelantó y aventuró que yo estaba escribiendo las memorias de un ventrílocuo.

—Desgraciadamente —añadió— ha perdido esta misma tarde el manuscrito. Lo dejó olvidado en un taxi. Las memorias podían leerse como una novela, aunque la trama no era del tipo clásico; la suya era una trama desgarrada e incierta y, al contrario del siglo pasado, no era nada tiránica, no pretendía explicar el mundo ni, menos aún, abarcar la totalidad de una vida, sino tan sólo unos cuantos pasajes de esa vida.

—¿Y qué clase de persona era ese ventrílocuo? —preguntó Sonia Orwell.

—No sé, uno de esos tipos —continuó Andrés— que siempre están pensando en dejarlo todo, despedirse de Europa y seguir las huellas de Rimbaud. Creo que al final dejaba el continente, pero en sus memorias no aparecía la verdadera causa por la que huía.

—¿Y por qué no aparecía?

—Pues porque antes de emprender su huida había cometido un crimen, y eso no podía confesarlo en sus memorias. En la noche lisboeta, tras despedirse inesperadamente y para siempre de los escenarios y de su público, había ido al encuentro del barbero que le había robado la mujer amada y, en un solitario callejón del puerto, le había atravesado el corazón con una afilada sombrilla de Java. Pero eso, claro está, no podía confesarlo en sus memorias. Posteriormente huía, dejaba Europa. Pero en sus memorias disfrazaba de hermosa, culta y literaria, lo que en realidad no era más que una repugnante fuga.

Tuve la suerte de que, una vez inventado todo esto, Andrés se olvidase de mí y volviera a sumergirse en su afán por ir al encuentro de sus orígenes, y hablase de ciertos días de verano, días de excesiva bonanza y de sol intenso cuando sobre las aguas de un río pesaba un calor tórrido, y era fácil caer en un sueño profundo, como una muerte aparente, y así recobrar de golpe un pasado remotísimo, en la Atlántida.

—Ya desde niño intuí que yo era de allí —continuó él—. Un día, caí al río Manzanares. Yo era más bien torpe y no sabía nadar. Bueno, nunca he sabido nadar. Me hundí en el agua, y entonces noté que era transportado a lugares remotos que pronto me parecieron muy familiares y ya vistos. Tardé tres o cuatro minutos en volver a la superficie, el tiempo suficiente para que yo viera, en el fondo del Manzanares, los antiguos palacios de mi verdadera patria. Los recordé en cuanto los vi. La luz era argentada. Y allí estaba la verdadera vida, las calles, las casas, las piedras, las pisadas de mis verdaderos compatriotas. Y allí estaba también yo, contando las historias a un público adicto y fiel. Yo era un narrador oral que contaba historias de gentes que emigraron de sus cuerpos para establecerse de nuevo en sus antiguas patrias.

Alguien dijo que se había hecho tarde. Estábamos ciertamente sorprendidos pero también algo abrumados y fatigados. Yo no cesaba de agradecer a mi amigo que hubiera acudido en mi auxilio de aquella forma. Para eso están los amigos, me decía yo, satisfecho de su conducta. Prefería pensar que había actuado pensando en mí a suponer que simplemente estaba borracho o se había vuelto loco.

—Sugiero —le dijo cariñosamente Marguerite— que aplacemos la conversación hasta mañana. Se ha hecho realmente muy tarde, empiezo a tener sueño. Quería ir al Bois de Boulogne, pero tengo ya mucho sueño.

Se había hecho realmente muy tarde, pero Andrés parecía no darse cuenta. Se puso a hablar de corrientes submarinas más fuertes que la vida, corrientes que arrastraban inexorablemente hacia el continente olvidado.

—Quizá haya un día —dijo— en el que no regrese. Mi viejo traje está ya desgastado, tendría que cambiarlo, no me siento a gusto ya con él. Creo que me encuentro en ese estado en el que se encuentra la serpiente ante la muda: la luz del día se hace molesta, y entonces ella, como buena serpiente, se retira a su agujero.

Hizo una pausa tan breve que no hubo modo de interrumpirle. Pasó a describir el fuego que ardía en todas las chimeneas de su patria.

—Las llamas —dijo— ascendían rectas, sin humo. Se alimentaban de ramas secas de enebro que exhalaban un olor amargo. En las repisas de todas las chimeneas de la Atlántida había escudos en forma de candelabros cuyas velas irradiaban una fuerte luz azul que imitaba el color más profundo de nuestros mares.

Alguien repitió que se había hecho tarde.

Andrés consintió en ponerse el abrigo sobre su viejo traje, pero antes dio buena cuenta del resto de alcohol que quedaba en la casa. Le cogí amistosamente por el hombro.

—Anda, vamos —le dije, conduciéndole suavemente hacia la salida.

—La buhardilla es tuya —me dijo sorpresivamente Marguerite—. Mañana te la enseñaré. Sólo hay un colchón, tendrás que comprar algún mueble, supongo. Creo que sólo hay un colchón y un póster. Un póster sobre Viena en el que está muy bien reproducida una lámpara de lágrimas de cristal. Bueno, eso es lo que me dijo la portera. Vete tú a saber.

Me despedí muy contento ante aquel feliz desenlace inesperado. Luego, Andrés y yo salimos a la calle. Cielo estrellado, todos los cafés de París estaban ya cerrados y, vistos desde fuera, parecían silenciosos mausoleos en la luna. Me pareció que aquella noche difícilmente iba a olvidarla. Y así ha sido. Aquella noche, acompañando a Andrés a casa, él me dijo que ya no volveríamos a vernos nunca, que recordaba con irresistible nostalgia un valle de agua y de cataratas malvas y que deseaba, sin más dilación, desaparecer por mano propia.

No le entendí muy bien, pero me pareció en aquel momento identificar la mano propia con cierta idea de suicidio. Pensé que tal vez estaba él hablando de una desaparición que no pertenecía exactamente al mundo de la necesidad sino al dominio de la libertad. Iba pensando en todo eso cuando de pronto Andrés repitió lo de la mano propia y dio un salto enérgico que le hundió en las heladas aguas del Sena. Desapareció de modo fulminante en ellas. Lo primero que pensé fue que había llevado demasiado lejos las cosas, pero después ya sólo pensé en que me tocaba a mí salvarle, pues no había nadie más por los alrededores. Me despojé del abrigo y me lancé, ya sin más titubeos, al Sena y, tras una breve inspección, logré localizarle bajo las aguas. Estaba como extasiado y casi diría que feliz, como si estuviera dejándose arrastrar por las corrientes submarinas que habrían de devolverle a su patria original.

Le sujeté de un brazo, pero forcejeó con violencia, como si le hubiera interrumpido su viaje. No tuve más remedio que propinarle un soberbio puñetazo y dejarle inconsciente. Luego vino lo peor, porque jamás en la vida he hecho un esfuerzo tan grande como aquél. Cuando por fin logré depositar su cuerpo en el muelle, seguía sin haber nadie por los alrededores. Le cubrí con mi abrigo y aguardé a que volviera en sí. Cuando lo hizo, me miró desconcertado, se tocó el mentón, preguntó qué hacíamos allí tan mojados.

—¿No te acuerdas de nada? —dije.

—Chico, la verdad...

Quedé pensativo. Me sentía confundido y extenuado. Temía haber atrapado una pulmonía y, en el fondo de mí mismo, estaba muy enojado.

El agua me había quitado los efectos de las anfetaminas.

—¿De verdad que no te acuerdas?

—Que no, te digo que no.

—¿Ni siquiera te acuerdas de dónde venimos?

Maldije de inmediato mi pregunta, temí que me dijera: «Tú no sé, yo de la Atlántida». Pero no parecía acordarse de nada. Celebré no haber pronunciado el nombre de Marguerite Duras, que él podría haber asociado con el continente olvidado.

—Vamos a casa —dije.

Y de nuevo maldije mis palabras, temí que recordara una humilde mansión de narrador oral, allá en la Atlántida. Pero no, él seguía desconcertado. El problema era que yo no podía pronunciar palabra, porque con cualquier frase corría el riesgo de que él recordara. Pero estaba yo tan enojado que mi enfado pudo más que la prudencia o el silencio. Le pregunté por qué había hecho todo aquello.

—¿El qué? —me dijo con su sonrisa más beatífica.

—¿Cómo el qué? —dije en voz muy alta, los ojos completamente desorbitados.

Quedó entre perplejo y pensativo hasta que de pronto dio signos como de haber recuperado la memoria.

—Ah, ya —dijo.

Temí lo peor.

—¿Por qué hice todo eso? —Se le veía muy reflexivo—. Bueno, la verdad es que no tiene la menor importancia. Yo diría que tenía que hacerlo, compréndelo.

Aún recuerdo la dureza de su mirada cuando poco después se puso en pie y, andando lentamente hacia atrás, como si fuera a competir en los cien metros espalda, dijo:

—Para eso están los amigos.

Y se arrojó de nuevo al río, esta vez con mi abrigo, como si quisiera averiguar hasta dónde llegaba nuestra amistad.

DOS VIEJOS CÓNYUGES

1

Usted me ha hecho beber demasiado o, mejor dicho, su confesión de que le gustaba escuchar historias ajenas me ha estimulado a beber (le dije en cierta ocasión a un elegante alemán de unos setenta años, ocasional acompañante en un café de Lugano), y ahora lo cierto es que estoy algo bebido y un tanto emocionado o, para ser más exacto, me siento ligeramente onírico y con ganas ya de contarle esa historia que antes le anuncié cuando le dije que yo tenía últimamente cierta propensión a narrar pasajes de mi vida, unos pasajes que a veces transformo para no ser repetitivo y no cansarme a mí mismo, señor Giacometti, permítame que le llame así, aquí todo el mundo parece llamarse Giacometti aunque nadie lleva un monóculo como el suyo, no me diga su verdadero nombre, de poco ha de servirme, yo tan sólo estoy interesado en contarle lo que me sucedió con una compatriota suya, una historia que es posible que le complazca escuchar, señor Giacometti, permítame que le llame así.

Yo quería conocer su país, concretamente Baviera, alguien me había dicho que en las paredes de muchas casas de esa región se movían sombras sobre los tapices que representaban escenas de caza, y también tenía yo noticia de que tiras de corteza blanca temblaban en los troncos de los abedules cuando llegaba el invierno. Yo amaba y amo la nieve y esa estación del año y las escenas de caza y las sombras y quería ver todo eso en Baviera, de modo que en cuanto me llegó la oportunidad de tomarme unas merecidas vacaciones, no lo pensé dos veces. En mis primeros días en Munich lo pasé muy bien en compañía de mí mismo, paseando y fumando y observando mucho, cantando canciones tirolesas en la soledad de mi cuarto de hotel. Pero, una tarde, iba yo tan tranquilo paseando por la Kantstrasse cuando vi que una mujer disfrazada de serpiente me miraba, me guiñaba un ojo y sonreía, y yo, claro está, pensé que me hallaba ante una aventura fácil y breve, me acerqué sin prisas, sucede algo, pregunté, sucede, dijo ella, y después añadió, o más bien masculló, unas palabras que no entendí, posiblemente dijo que la vida era una túnica blanca que de lejos parecía una página en blanco y de cerca un camisón, a ella no le faltaba sentido del humor, posiblemente dijo eso o algo por el estilo, después dejó caer sobre la Kantstrasse un pañuelo de seda, y yo, que no salía de mi asombro, creí confirmar que me hallaba ante una aventura fácil y breve, me acerqué más a ella y recogí galantemente el pañuelo, pero mirarla, señor Giacometti, mirarla tan de cerca me dejó como abstraído, y es que el misterioso rostro de aquella serpiente de treinta años poseía unos ojos verdes de mirada intensa que atrapaba, y cómo atrapaba, señor Giacometti, me quedé mudo del susto, la aventura seguía viéndola fácil pero ya no tan breve como había supuesto en un principio.

Al cabo de una semana nos casábamos sin que yo supiera apenas nada de ella ni de su vida aunque sospechaba, con todo fundamento, que era una prostituta de lujo, lo cual me excitaba, decía llamarse Ida pero en todos sus papeles figuraba el nombre de Helga, me había contado su fabuloso pasado pero éste era a todas luces inventado, y es que a Ida no le faltaba imaginación a la hora de construirse una identidad nueva, claro está que yo no le iba a la zaga, también yo desde el primer momento lo había inventado todo sobre mí y le había dicho, por ejemplo, que era un médico piamontés y, aunque se notaba mucho que yo no sabía nada de medicina, nunca me retracté de esta y de otras mentiras porque ella se mostraba encantada con mis invenciones, y a mí me ocurría otro tanto con las suyas, y es que aquel acuerdo tácito nos interesaba mucho a los dos porque nos permitía huir de nosotros mismos y nos proporcionaba esa serenidad que se desprende de una unión entre dos seres de ficción, una serenidad ficticia que hasta entonces no habíamos nunca conocido, y es que nada, pensaba yo, tranquiliza tanto como una máscara.

Eso pensaba yo durante la ceremonia de boda en aquella iglesia de Munich que ya no existe, lo que oye, señor Giacometti, ya no existe, como tampoco debe ya de existir aquel viejo Volvo alquilado con el que, al término de la ceremonia y bajo una intensa lluvia, comenzamos a deslizarnos fantasmalmente, por las avenidas de Munich primero, más tarde por las autopistas que a Italia conducían. De aquel día, al igual que tanta gente que lo recuerda todo sobre el día de su boda, retengo hasta los detalles más triviales, aún cierro los ojos y veo el Volvo circulando bajo la lluvia del atardecer por los suburbios de Génova, detrás de autobuses y camiones mientras el barro salpica las aceras, y la gente que anda por ellas se refugia en los portales cuando pasamos, cuando pasa ese viejo Volvo tan extraño.

Nunca vi un coche como aquél, parecía tener la facultad de moverse con absoluta ausencia de ruido, como si el hecho de transportar a dos pasajeros que parecían surgidos de la niebla de sus respectivas vidas inventadas lo hubiera convertido en un automóvil fantasma, fantasma en todas sus manifestaciones menos en la visual, pues el coche podía uno fácilmente imaginarlo avanzando veloz por algún oscuro camino rural, en plena noche y sin luces, tomando las curvas y serpenteando en un terrible silencio.

Cerca de la medianoche y en las afueras de Livorno, el automóvil se detuvo frente al Bristol, un hotel que no tenía demasiado aspecto de estar abierto al público, y se detuvo de una forma muy rara, normalmente cuando los coches se paran el ruido del motor desaparece y poco después se apea alguien de ellos, pero en este caso no ocurrió nada de todo eso, el viejo Volvo se limitó a pararse, como si no hubiera nadie dentro y no hubiera habido nadie en todo el viaje, y fue entonces cuando al lado de nuestro silencioso y estacionado coche, bajo la fuerte lluvia, pasó el ruidoso, escandaloso Volkswagen que a mí me parecía que venía siguiéndonos desde hacía mucho rato, tal vez desde Munich.

Insisto, Ida, alguien nos sigue. Estás loco, bien loco. Por lo que más quieras, Ida, vuelve por unos segundos a la maldita realidad y dime quién puede estar interesado en seguirnos. Tal vez la realidad misma, querido, ¿acaso no dijiste el otro día que la realidad es siempre escandalosa y chulea sin tregua a la ficción? Pero, Ida, eso no viene ahora a cuento.

Cruzamos estas palabras, señor Giacometti, y mientras lo hacíamos vimos cómo regresaba el Volkswagen. A nuestra izquierda estaba el Mediterráneo, el mar se hallaba muy agitado, las olas estallaban y el viento lanzaba la lluvia y el agua del mar contra el coche. El Volkswagen pasó a nuestro lado, era evidente que nos buscaba, cuando nos hubo rebasado giró en redondo, patinó sobre el asfalto y, en su intento de no caer al mar, redujo sabiamente las marchas y se situó justo detrás de nosotros, perfectamente aparcado. Pero ni aun así, Ida, que se mostraba muy inquieta, quiso reconocer la evidencia de que alguien nos seguía, y eso provocó una discusión que se prolongó hasta que no pude más y perdí la paciencia y decidí resolver todo aquello a mi manera, bajé dispuesto a encararme con el conductor del coche, pero cuando empapado de agua llegué al Volkswagen no había nadie en su interior, absolutamente nadie, estaba ya sospechando que aquél podía ser también un coche fantasma cuando vi que se iluminaba la planta baja del Bristol y supuse que el perseguidor acababa de entrar en el hotel.

Vámonos de aquí, le dije a Ida. Pero ella, como trastornada, me dijo que sentía que aquel hotel tenía un poder magnético que la atraía con más fuerza que la vida a mi lado. Escucha, Ida, le dije, yo creo que ya has dicho suficientes tonterías, alguien nos sigue, tal vez incluso para matarnos, por suerte ha entrado en el hotel creyendo que nos habíamos ya refugiado en él, vámonos antes de que sea demasiado tarde. No puedo, dijo ella, no puedo. Y sollozaba, señor Giacometti, sollozaba y parecía perdida en la noche de lluvia y truenos. En el hotel podía estar esperándola su amante o su chulo, y yo no sabía muy bien cómo actuar, me sentía inmensamente confundido, y aún lo estuve más cuando ella me dijo que un guante de la mano derecha junto con el de la mano izquierda constituían un todo, es decir, un par de guantes, en tanto que si teníamos dos guantes de la mano derecha habríamos de tirarlos, y que lo mismo sucedía con nuestra relación, a la que había que tirar por la borda, pues los dos vivíamos en el mundo de la ficción, sin contacto con la realidad. Dos contrabajos, dijo, dando la misma nota, eso somos tú y yo, en cambio ahí en ese hotel me espera alguien que es mi complemento ideal, que es la realidad que viene siguiéndome desde Munich y que sabe que volveré a sus brazos porque no puedo vivir sin su compañía, sin su necesario complemento, intenté desembarazarme de esa realidad pero no lo logré, lo lamento, adiós, un gancho y un ojal son una unidad, pero con dos ganchos no se puede hacer nada, lo mismo sucede con dos seres fantasiosos como nosotros, nuestra unión no va a ninguna parte, adiós, fue todo espléndido mientras duró.

Por un momento perdí los papeles y las máscaras, e incluso la compostura, porque tiré mi asiento hacia atrás y simulé que me desmayaba. Te mentí, dije, yo también puedo ser realista y un buen complemento para ti, no soy médico ni piamontés ni nada de lo que he fingido ser, quería ensayar ser otro pero ya no pienso intentarlo más, yo soy en realidad un ventrílocuo, ¿me oyes?, un ventrílocuo, y también soy tu marido y te ordeno que te quedes conmigo. Olvídame, dijo Ida, mi destino no es el tuyo. Y yo, señor Giacometti, comprendí ya sin más dilación que todo cuanto pudiera hacer resultaría inútil, que iba a perderla y que en el fondo nunca había sido mía, en el fondo era la mujer de otro y formaba con ese otro una pareja de viejos cónyuges, cuya tensa relación se remontaba a épocas lejanas, tan lejanas en el tiempo como la primera noche en que realidad y ficción se acoplaron: dos viejos cónyuges debatiéndose en una pesadilla con la misma pertinaz angustia que la puta y el chulo.

Pero tal vez sea cierto, tal vez seamos dos contrabajos dando la misma nota, dije sarcástico y un tanto herido, tal vez sea cierto. Abrí su portezuela, le pedí que me dejara y se fuera al Bristol, la lluvia entró en el coche y me azotó la cara y me sentí como si acabaran de despertarme, vi a Ida alejarse en la noche, conté hasta donde me fue posible sus huellas en el fango, y luego, aun sabiendo que circulaba con el equipaje de ella, empecé a alejarme de todo aquello diciéndome que había sido un sueño.

2

Pues sepa usted (dijo Giacometti encendiendo un habano en aquel café de Lugano) que del mismo modo que resulta sorprendente descubrir la existencia de una ruta que lleva, en el plazo de un solo día, de la más entrañable unión a la infidelidad más atroz, no menos sorprendente es descubrir cómo en muchos matrimonios aparentemente felices se proyecta, invisible y casi constante, la sombra de un tercero que convive en silencio y secretamente con ellos a lo largo de los años. ¡Durante muchos años! Ése fue mi caso, yo estuve medio siglo casado con la pobre Bárbara, formando ya al final de nuestros días una entrañable pareja de viejos cónyuges, hasta que, una noche y de repente, a mediados del año pasado en

Bandung, nuestra unión se tambaleó por algo que ella dijo y que hizo que, a partir de entonces, ya nada pudiera volver a ser como antes. Fue distinto, creo yo, de lo que le sucedió a usted en Livorno, porque al menos en su caso estuvo al corriente del asunto en tan sólo unas horas, mientras que yo tardé cincuenta años y tuve que viajar nada menos que a Java para enterarme de que durante medio siglo yo había vivido confiado y tranquilo ignorando la presencia de una sombra, la sombra de un muerto. No me diga que no es como para echarse a llorar y dejar perdidas de lágrimas todas las alfombras de este viejo café.

Pero no voy a llorar, es muy aburrido hacerlo, le contaré mi drama, todo empezó cuando el año pasado, al aproximarse la fecha de nuestras bodas de oro, decidimos Bárbara y yo celebrarlas bien lejos de Franz y de Greta, que son nuestros dos hijos y que, por cierto, están solteros y viven juntos porque siempre quisieron casarse entre ellos, cosas raras que tiene la vida, en fin, ellos a su manera también son como dos viejos cónyuges, bueno, como le digo decidimos celebrarlas lo más lejos posible, en la isla de Java nos dijimos, y a ella fuimos, y al principio todo resultó muy entretenido, pues a pesar de tantos años de vivir juntos, nosotros no éramos de ese tipo de viejos cónyuges que se aburren profundamente o se insultan sin cesar, nosotros no éramos de esa especie, habíamos establecido un pacto tácito de no agresión y nos lo pasábamos muy bien comentando jocosamente, todas las mañanas al despertar, los sucesos que habíamos vivido juntos el día anterior y que reflejaban la estupidez humana, la imbecilidad de los otros, nunca la nuestra, que, por ese acuerdo tácito, se hallaba a salvo de nuestras viperinas voces.

Yo soy de los que creen que la gente se casa para poder comentar a dúo el mundo. Y Java resultó ser un lugar perfecto para nosotros pues pronto descubrimos que los javaneses reunían las condiciones ideales para que, todas las mañanas al despertar, nos riéramos cruelmente de ellos, porque los javaneses, entre otras cosas, tenían algo en sus rostros que no iba hacia delante, deben seguir teniéndolo, algo que no iba hacia delante, sino hacia atrás, era como si sus caras hubieran padecido un retroceso, y así debe seguir siendo, sus caras parecían pulidas como los guijarros de los torrentes pulidos por un continuo frotamiento, sus frentes eran abovedadas y estaban como pidiendo que les diéramos la vuelta; de hecho los javaneses son gente que se sienta de cara a su casa, de espaldas al camino, como si tuvieran un ojo en la espalda, en todo caso tienen en la espalda una presencia. Y, por si fuera poco, fuimos, una noche, a ver su teatro de sombras y descubrimos que los actores javaneses, a diferencia de casi todos los otros actores del mundo, llevan el adorno principal en la espalda.

La noche en que visitamos el teatro de sombras y asistimos a una versión javanesa del mito de los jóvenes amantes que se suicidan por amor, llamó nuestra atención que la luz escénica fuera inmóvil y que los personajes estuvieran casi todo el tiempo fijados por la base de un tronco de bambú paralelo a la escena. Los personajes movían más bien los brazos que el cuerpo, y eran brazos blandos que flotaban nada agresivos, como flotan los suyos, señor ventrílocuo, permítame que le llame así, como flotan los suyos en ese tronco que apenas se mueve cuando cuenta historias.

Al regresar al hotel aquella noche, sin poder esperar a la mañana siguiente, comencé a reírme de los troncos de bambú, pero Bárbara, en lugar de reírse conmigo, me miró con ojos de infinita tristeza y me llamó estúpido y me recriminó amargamente que yo no hubiera reparado en la exquisitez de las voces de aquellos actores javaneses. Sus voces, las de los recitadores, dijo ella, son dulces, melodiosas, bajas y reflexivas y como misericordiosas, voces corteses, sentidas, floreadas, voces soñadoras, casi ausentes, voces de iglesia, me recuerdan a Wim.

Sonreí algo desconcertado, pregunté quién era Wim. Mi primer amor, dijo ella, y mi desconcierto aumentó. Le pedí que repitiera aquello de mi primer amor. Cuando yo todavía vivía con mis padres en Rosenheim, dijo Bárbara, él se enamoró de mí en cuanto me vio, y a mí me sucedió lo mismo, fue amor a primera vista, pero éramos muy jóvenes y nuestros padres se opusieron a la boda, y no nos quedó otro remedio que fugarnos, una noche dejamos Rosenheim, y ya en las afueras de la ciudad propuso Wim que nos suicidáramos para así vivir juntos toda la eternidad, pero yo quise ser realista, ya sabes que siempre lo he sido, y me negué a hacerlo y decidí regresar a Rosenheim, y en los días que siguieron comenzó Wim a morirse de pena y, una noche de fuerte tormenta, escapó de la ciudad y se encaminó a un monasterio en lo alto de la montaña, a veinte kilómetros de Rosenheim, su abuelo había sido el guardián de aquel paraje romántico y le había enseñado un lugar peligroso entre las rocas donde los rayos solían caer en las noches de tormenta, y allí Wim aguardó pacientemente bajo la lluvia esperando que le partiera un rayo, y murió días después acosado por una pulmonía, y creo que murió de amor por mí.

Me sentí humillado, señor ventrílocuo, por la evocación de esa figura de entre los muertos, y me llegó la terrible sensación de que no sólo había convivido, sin saberlo, medio siglo con aquel Wim, sino que, además, noté que lo tenía en aquel momento detrás de mí, y que también yo tenía, como los javaneses, un ojo en la espalda y podía sentir y ver perfectamente la presencia del muerto por pulmonía.

Todo lo he inventado, me dijo entonces riendo Bárbara, es decir, todo lo leí en un libro, qué ingenuo eres, nunca cambiarás. Eso me dijo ella, pero su voz sonaba velada y triste, y me quedé con la duda y no pude dormir aquella noche, en cambio Bárbara cayó de inmediato rendida de sueño, dejándome pensativo y sintiendo que mi propia identidad se esfumaba en un mundo impalpable y gris habitado por un muerto que estaba allí, a nuestro lado, tan muerto como lo estaba ya nuestro matrimonio, allí en Java, donde los actores llevan el adorno principal en la espalda.

Y ahora, señor ventrílocuo, permítame que le invite a visitar mi cuarto de hotel, quisiera que creyera en mi historia y que supiera que, de vez en cuando, a mi espalda aparece el muerto, sí señor, el muerto, y, para que vea que estuve realmente en Java, deje que le regale algunas cosas típicas de la isla, las guardo en mi cuarto de hotel, acompáñeme, quiero ofrecerle *souvenirs* de Java.

Le he cogido cariño y confianza, porque no crea que no me doy cuenta de que también usted y yo formamos una pareja de viejos cónyuges, porque llevamos ya mucho tiempo aquí juntos, usted y yo en este viejo café de Lugano, intercambiando historias, somos ya una pareja de viejos cónyuges y a mí me gustaría que se llevara algo de Java: una sombrilla, por ejemplo, que tiene un resorte secreto que la convierte en una sombrilla muy afilada, en una especie de bayoneta que, quién sabe, algún día puede serle útil. Y también me gustaría que nos acostáramos juntos y comentáramos a dúo el mundo, y así usted podría comprobar, señor ventrílocuo, cómo hasta en mi cuarto de hotel se hiela mi espalda si estoy desnudo y detrás de mí aparece, como un viejo adorno, el muerto.

CÓMO ME GUSTARÍA MORIRME

Fingirse borracho en compañía de John Huston, tal vez sea esto lo que más me ha divertido en la vida. Nunca olvidaré aquellas noches en Nueva Orleans. En una de ellas, le oí decir a Huston que él deseaba morirse como su tío Alec. Desde que oí su historia deseo yo también morirme como el tío Alec.

Un día, cuando Alec estaba ya muy enfermo, sonó el timbre de la casa y su esposa fue a abrir. Volvió a subir las escaleras y le dijo a su marido que era una prima que había venido a verle.

—Dile que me niego a verla —respondió Alec—. Es una pesada. No voy a desperdiciar con una pelma ni un minuto del tiempo que me queda.

Al oír esto, su mujer se enfadó mucho y le dijo que su prima había hecho un largo camino para verle, y que él tenía que ser educado y dejarla entrar y verla. Pero Alec fue inflexible.

—Dile que me he muerto —le sugirió.

Su mujer se negó a ello.

—Si eso fuera cierto —dijo ella— ya se lo habría dicho cuando llegó a la puerta.

—Bueno, entonces —dijo Alec—, ¿por qué no le dices que me acabo de morir y que no te has enterado hasta haber vuelto?

Su mujer tampoco quiso saber nada de esto.

—Ella querría entonces subir y verte —predijo.

—Déjala subir —replicó Alec—. Me haré el muerto.

—No puedes. No puedes contener la respiración durante todo ese tiempo.

—Ponme a prueba —contestó Alec.

Y eso exactamente fue lo que Alec hizo. Su prima entró y él permaneció completamente inmóvil, con los ojos medio cerrados y reteniendo la respiración, y así fue como, simulando que había muerto, Alec se murió.

CARMEN

Carmen Valle había nacido en La Habana pero su padre, que era diplomático de carrera, fue enviado a Barcelona cuando ella tenía tan sólo tres años de edad. A causa de esto, Carmen recordaba de La Habana únicamente una columna en la que estaba apoyado un fotógrafo ambulante fotografiado por su madre días antes de viajar a España. No tenía otro recuerdo de Cuba y, cuando le preguntaban dónde había nacido, Carmen reía con aquella inmensa tristeza tan suya y decía que no había nacido.

Su infancia en Barcelona fue muy feliz, es decir muy aburrida, y sobre ella pocas cosas tenía Carmen que contar. Siempre que le preguntaban por los primeros años de su vida solía decir: «¿Mi infancia? Sospecho que no hay nada en ella, esté dónde esté, si es que en alguna parte está. Fue algo así como un aburrimiento ya olvidado».

A finales de los años sesenta se la podía ver en las barras de los bares de la calle de Tuset. Alta, vistiendo siempre jerséis negros, un chal en torno al largo cuello de gacela, sosteniendo cigarrillos ingleses entre los finos dedos de la mano izquierda más perfecta de la ciudad.

Nadie tuvo ni tendrá aquellos veinte años que tenía ella. En belleza no existía ni la sombra de una posible rival. Y hubo suicidios, flores que nunca fueron colocadas en jarrones, hombres que lloraban al amanecer rodeados de amigos que también estaban enamorados de Carmen. Ella los rechazaba a todos, siempre con palabras elegantes, educadas y adecuadas: palabras que, pese a sus esfuerzos, no podían evitar en los otros la desesperación.

Toda la ciudad amaba a Carmen, y ella amaba a la ciudad y a nadie en particular. Y con el tiempo fue haciéndose más esquiva y, sobre todo, muy silenciosa. Tan sólo de vez en cuando, a solas en su casa o en una reunión o junto a algún pretendiente, rompía su hermetismo para decir en voz baja y ligeramente exquisita: «Qué aburrimiento». Y poco después volvía a su hermetismo.

Y silenciosamente cumplió treinta años. Los celebró sola, completamente sola, en el cuarto del Ritz al que se había mudado a la muerte de sus padres. Pensó que todo el mundo felizmente la había ya olvidado. Pero no era ni mucho menos así. Yo, por ejemplo, seguía sintiéndome su amigo. El día siguiente a su aniversario llegué a Barcelona, y lo primero que hice fue ir a visitarla. Lo hacía siempre que mi trabajo de ventrílocuo me conducía a esa ciudad. Y en mis visitas había siempre un gran ramo de flores. Hasta que, un día, vi en su cuarto un ramo mucho más grande que el mío. «Es de alguien que me ronda —dijo ella con una expresión de absoluto fastidio, y añadió con una gracia insuperable—: Ya ves, aún me quedan moscones.»

Nunca conocí al último de los moscones, es decir, su marido, un industrial de Manresa que, según me dijeron, era lo menos elegante, educado y adecuado para ella. Se casaron en la iglesia de Pompeya, y de aquel día queda ya tan sólo una foto amarillenta en la que se ve a Carmen con la más desgarrada de sus sonrisas. «Qué aburrimiento», me comentaron que dijo ella cuando el coche partió hacia la luna de miel.

Nueve meses después, Carmen parió y murió.

«Qué aburrimiento», dicen que dijo poco antes de expirar. La noticia me llegó cuando estaba en Berlín y pensé que algún día escribiría algo sobre Carmen y que mi historia la terminaría así: «Eso es todo».

Se lo comenté a un amigo ruso que residía en Berlín, un escritor exiliado. Le dije que un día escribiría algo sobre Carmen y que lo haría por pura necesidad de hacerlo. «Es una historia —le dije—, a la que nunca sabré poner un final adecuado, porque no sé qué conclusión sacar de ella.»

Entonces mi amigo me dijo que era una historia que no se prestaba a conclusión alguna. Y añadió: «No sé por qué me recuerda las palabras aquellas del rey de mi cuento de hadas favorito. ¿Qué flecha vuela eternamente? La flecha que da en el blanco».

LA TORRE DEL MIRADOR

Una mañana me llamaron por teléfono y el que lo hacía dijo que había entrado en crisis y que necesitaba hablar conmigo porque estaba muy solo desde que se había separado de su mujer.

—¿Y a mí qué me explica? —le dije en una reacción lógica en alguien que está durmiendo y es despertado por un desconocido que le dice semejantes cosas.

—Me explicaré —contestó—. Mi mujer me amargaba la vida llamándome feo a todas horas. Decía que no le gustaba nada mi cara. Un día me cansé y decidí alquilar este apartamento desde el que ahora llamo y desde el que diviso mi antigua casa, la torre en la que vive, sola y abandonada, mi mujer.

Pensé que algún amigo quería gastarme una broma. El otro continuó hablando:

—Necesitaba hablar con alguien y le escogí a usted al azar en la guía telefónica. Estoy solo aquí con mis prismáticos y ese espejo gigante que hice instalar en mi dormitorio.

Una broma o un loco, pensé. Le sugerí que se dejara de veleidades y que volviera al lado de su mujer.

—No puedo, es demasiado tarde. Ella me da por desaparecido y no sabe que la espío. ¿No sintió usted nunca curiosidad por saber qué sucederá después de su muerte? En los primeros días presencié el desfile de familiares y amigos. Mi mujer, como es lógico, se mostraba inquieta y, sobre todo, desconcertada. No entendía qué había podido pasarme, no entendía por qué me había esfumado de aquella forma tan misteriosa. Pero últimamente, desde que ya todo el mundo me da por desaparecido para siempre, me parece verla cada día más resignada y feliz. No me extrañaría que pronto volviera a casarse. Pero no es eso lo que me preocupa.

Por pura educación y un algo de curiosidad (ya no me parecía tan evidente que se tratara de una broma o de un loco), le pregunté si, como me había dicho al principio, lo que le preocupaba era su soledad.

—Exacto —dijo—. La soledad y la monotonía. Cada día me aburro más, sobre todo cuando no tengo nada que espiar. Mi mujer sale, por ejemplo, de compras, y entonces no sucede nada en el interior de la torre ni en el jardín. ¿Qué ocurre en esas ocasiones? Pues que me aburro mortalmente.

—Vuelva a su casa, hombre —apelé al sentido común—. ¿Cómo se le ocurrió hacer una cosa así?

—El hecho es que se me ocurrió y que ahora ya no puedo regresar a casa porque he ido demasiado lejos. Desde hace unos días tengo un rostro completamente nuevo. Aunque regresara a la torre, dudo de que mi mujer me reconociera.

El asunto se ponía interesante. Yo tenía un primo hermano que siempre, por falta de ideas, andaba buscando argumentos para sus películas. Tal vez yo pudiera facilitarle uno.

—¿Y dice usted que ha cambiado de cara?

—Así es. Y también de voz. Fui a un curso intensivo de oído y aprendí a modular mi voz en diferentes registros. Yo antes era un respetable médico. Ahora no soy nadie.

—¿Qué clase de médico?

—Me dedicaba a la cirugía estética. Hace unos días regresé del Brasil, donde unos colegas muy competentes han transformado completamente mi cara. Ya no soy tan feo como antes. Pero, es triste decirlo, ya no soy cirujano ni estoy casado ni tengo futuro. Sólo tengo un espejo y unos prismáticos.

No sabía qué decirle. Me vi reflejado en la luna del armario y se me ocurrió entonces preguntarle por qué se había hecho instalar un espejo gigante en su dormitorio.

—Para ir acostumbrándome a mi nuevo rostro —me contestó.

Permanecí en silencio, pensando en lo que me había dicho. Me quedé tan callado que él se alarmó.

—Sé que quiere colgar —me dijo—. Todos lo hacen. Creen que soy un bromista o un loco y cuelgan.

—No es mi caso. Su historia me interesa. Es más, si le suceden nuevas cosas no dude en seguir llamándome. Aunque, eso sí, le rogaría que lo hiciera máximo una vez a la semana y siempre y cuando haya sucedido algo realmente relevante. De lo contrario, absténgase. A diferencia de usted, señor desocupado, yo tengo muchas cosas que hacer.

—¿Y podría saberse cuáles son esas cosas?

—Pero si ha de llamarme —hice como si no le hubiera oído— hágalo por las tardes. Trabajo de noche y duermo por las mañanas.

—¿Es usted panadero, actor o tal vez bombero?

No le faltaba sentido del humor.

—Soy intérprete de sueños —inventé.

Intentó entonces contarme el último suyo (algo sobre un ser muy discreto que llevaba la máscara del orgullo), pero le interrumpí en cuanto pude. No pensaba incluir ningún sueño en la película de mi primo. Le recordé de nuevo lo ocupado que yo estaba y finalmente comprendió que, si quería que en otras ocasiones yo siguiera escuchándole, era mejor que nos despidiéramos.

—De acuerdo, de acuerdo —dijo y, tras darme repetidas veces las gracias y pedirme perdón y perdón y perdón por tantas molestias, dijo adiós y colgó.

Al día siguiente, a primeras horas de la mañana, me despertó el teléfono. Antes de que yo pronunciara palabra alguna oí su inconfundible voz:

—He roto el espejo en diversos pedazos y ahora sí que me he quedado más solo que la una.

Me pareció, a todas luces, una provocación llamarme a aquella hora y, además, todo hacía pensar que había roto a propósito el espejo para así tener algo que contarme.

—Ya no existo —dijo enfáticamente—. Lo único que existe son varios fragmentos de un espejo roto que me reflejan de una forma incierta y desgarrada.

Con mi reconocida habilidad para las voces, imité a la perfección la de mi tía Consuelo, que era precisamente la madre de mi primo el cineasta, y le dije:

—Soy la señora de la limpieza. El señor está en Roma. Tuvo que salir urgentemente de viaje y estará ausente en los próximos meses. ¿Quién le digo que ha llamado?

Como no contestaba repetí la pregunta.

—¿De parte de quién?

—¡Maldita sea! —gritó antes de colgar el teléfono.

Pensé simplemente que me había sacado un peso de encima y no me arrepentí de haberme desligado de la historia hasta que, unos días después, me visitó mi primo Colosal (le llamábamos así por su notable tendencia a utilizar ese adjetivo) y, al contarle lo sucedido, se enfadó descomunalmente conmigo. Lamentó que la voz de su madre hubiera servido para imitar a una mujer de la limpieza, pero sobre todo se quejó de que hubiera yo perdido todo contacto con un hombre que, en su opinión, estaba viviendo una experiencia inigualable, una experiencia colosal que era el arranque de una historia de la que habría estado muy bien conocer el desenlace.

—Ahí habría una buena película —dijo mi primo, y movió repetidas veces la cabeza de derecha a izquierda en señal de lamento.

Tras expresarle mis dudas acerca de que las historias tuvieran que tener forzosamente un desenlace, le hice ver a Colosal que, en cualquier caso, aquel arranque podía servirle para construir un magnífico argumento inventado. Pero me había olvidado de que Colosal carecía de imaginación. Se quedó revoloteando con la mirada perdida en el vacío, simulando que pensaba. Me dio tanta pena que le sugerí una secuencia:

—¿Y por qué no imaginar que, un buen día, nuestro personaje descubre que no hay ninguna relación entre él y su espejo? Veo ya la sorprendente secuencia. El reflejo anguloso de nuestro hombre se aproxima a la superficie del espejo, se lleva la mano al cuello finísimo y, ay, ay, ve que la relación no existe, ay.

—¿El espejo no reproduce su gesto de llevarse la mano al cuello?

—Exacto, exacto.

—Eso es una tontería.

Le hubiera estrangulado. Encima, volvió a quejarse de que hubiera perdido yo todo contacto con el personaje. Oí una retahíla de insultos extravagantes que concluyó así:

—Cataplasma.

—Está bien, está bien —no podía soportar sus gritos—, si tanto te interesa localizar a ese personaje no creo que resulte demasiado difícil.

Una hora después estábamos los dos en el Colegio de Médicos, donde nos hicimos pasar por periodistas. Acudimos con gabardinas prestadas, anteojos, miradas escrutadoras, bolígrafos y bloc de notas. Nos dijeron que no era un cirujano plástico sino un oculista el médico en paradero desconocido. Pensamos que eso no cambiaba la cosa.

Nos dieron la dirección de una casa y comentamos que si era una torre habríamos dado, casi con toda seguridad, con la pista acertada. Tomamos un taxi y, pocos minutos después, nos adentrábamos en un barrio residencial y llegábamos al 27 de la calle Tucumán. Era una torre. Sonreímos felices. Descendimos del coche y, a través de las verjas, contemplamos el jardín solitario y burgués en el que un olmo dormitaba plácidamente. Leímos: TORRE DEL MIRADOR. Sólo había una casa de pisos en las proximidades y se hallaba a considerable distancia. Un gran club de tenis separaba la torre del probable punto de mira del oculista. Pensé que sus prismáticos tenían que ser forzosamente muy potentes. En eso estaba cuando oímos, a nuestras espaldas, la voz de una mujer:

—¿Vienen ustedes por lo de la torre?

—Pues sí —se apresuró a decir Colosal, y por un momento no entendí nada. Pero poco después reparé en que la torre estaba en venta. Un cartel, que hasta entonces yo no había visto, así lo indicaba.

La mujer tenía unos treinta años y era muy bella aunque algo anticuada en todo. Llevaba los cabellos cogidos a los lados con peinetas; había un hilo de perlas y un viejo prendedor sobre las solapas delgadas de un traje gris de otra época. Su rostro poseía una movilidad facial tan asombrosa que resultaba imposible precisar con exactitud cómo era aquella cara tan cambiante. Se diría que era un rostro que viajaba hacia atrás en el tiempo y que ella continuamente se estaba convirtiendo en damas de otras épocas. Tal vez turbado por esto, me concentré en su voz, que era grave, cansada y ligeramente masculina.

—Pasen ustedes, hagan el favor —dijo. Y al traspasar el umbral del jardín sentí la incómoda sensación de ser carne de prismáticos. Me quité los anteojos y lancé una mirada furtiva más allá de las pistas de tenis, en dirección a la casa de pisos donde podía estar el oculista espiándonos.

Paseamos por el jardín y nos detuvimos bastante rato frente al estanque en cuyas aguas se reflejaba la sombra del solitario olmo. Mi primo parecía hallarse muy a gusto en su papel de comprador. Preguntó por el precio de la torre y, al saberlo, se hizo el interesante y se quedó mirando intrigado unas algas que flotaban sobre el estanque.

Luego, entramos en la casa. Cinco cuadros de colores muy vivos presidían el salón y reproducían, en sus diversas fases de construcción, el hotel Carlton de una ciudad que parecía africana. Estábamos mirando los cuadros, que eran horrendos, cuando oímos a la mujer que decía:

—¿Estás ahí, Leo?

Pensamos que llamaba a un perro y, a causa de esto, nos quedamos bastante sorprendidos cuando descubrimos que se trataba de una persona. Se movió una cortina y apareció un hombre que fumaba un puro habano.

—Les presento a Leonardo, un amigo.

No tardé en ver que la relación entre él y ella debía ser reciente y que estaban enamorados. La forma de hablarse y de mirarse no engañaba. El hombre tenía unos cuarenta años y era tosco y extraño, y más bien parecía molesto por nuestra presencia.

Sabiendo como sabía yo de voces humanas, no tardé tampoco en darme cuenta de que la suya, de timbre poco claro y sonoro (lo que llamamos una voz empañada), podía perfectamente ser impostada.

Me pregunté si no sería el mismísimo oculista con su nuevo físico. Tal vez turbado por esto, me concentré en su rostro, que me recordó un gris pisapapeles que perteneció a mi abuelo. Sus ojos eran horribles y parecían sumergidos en una fosa verdinegra. Destacaban las orejas, lo único no hundido de aquel rostro tan aplastante y aplastado. Orejas desmesuradas que me recordaron las pantallas de dos lámparas chinas que siempre sedujeron a mi pobre abuela.

Apagó el puro habano y, tras mirarnos con cierto recelo, se concentró en las páginas deportivas de un periódico. Allí le dejamos para dedicarnos a recorrer la torre y, al cabo de una media hora, cuando regresamos al salón, él seguía allí con su periódico. Entretanto, se había establecido cierta corriente de simpatía entre Colosal y la mujer. Entraron los dos riendo en el salón. Y Leonardo, que no ocultó cierto malestar y celos, se sintió obligado a intervenir.

—Mira esto, Lola —dijo señalando su periódico—. Mira. Hay un reportaje sobre Tombouctou. ¿No lo habrá escrito tu marido? Está firmado por un tal Spacspack. Eso es un seudónimo, ¿verdad?

—Oh vamos. No creo que sea él —dijo ella esbozando una leve sonrisa.

—¿Tu marido es periodista? —preguntó Colosal, que ya tuteaba a la mujer.

—Médico —contestó ella—. Oculista. Sospechamos que ahora podría estar ejerciendo su profesión en Tombouctou, que es la ciudad que siempre deseó conocer. Si vais a comprar la torre conviene que sepáis que la vendo con el fantasma de mi marido incluido. Él va a ser muy pronto considerado oficialmente como desaparecido. Pero cualquier día puede regresar de Tombouctou o de donde sea que esté ahora y entonces menudo susto que os llevaríais.

—Estamos curados de espantos —aseguró Colosal, y pensé que se refería a la aplastante fealdad de Leonardo.

—Pero es que no podéis imaginaros cómo era mi marido. Me sabe mal hablar así de él porque tal vez haya muerto, pero es que parecía salido de una película de terror. Era más horrendo que esos cuadros que veis ahí.

—¿Representan la construcción de un hotel? —pregunté.

—De joven —dijo ella— quiso ser misionero en África, pero los jesuitas le dijeron que no servía para eso. Luego me conoció a mí. Y cuando nos casamos y vinimos a vivir aquí quiso llamar a la torre algo así como Mirador del África. Como yo se lo impedí, se vengó de los jesuitas y de mí pintando esos cinco horribles cuadros sobre un imaginario hotel en Tombouctou.

—No son tan horribles —dijo Leonardo, y eso hizo que aumentaran mis sospechas en torno a él.

—¿Que no son horribles? —Ella parecía furiosa—. Ya es hora de que conozcas mis gustos, Leonardo. Esos cuadros eran menos horrendos que él, del mismo modo que tú eres algo menos horrendo que ellos.

Leonardo agradeció el cumplido, pero se notaba que a éste

no le había hecho ninguna gracia. Aproveché la circunstancia para tratar de acosarle y averiguar si podía él declarar el ejercicio de alguna profesión.

—A propósito —le dije—, su cara me es conocida. ¿Es usted arquitecto, verdad?

—No, no soy arquitecto —contestó—. Soy un vecino. ¿Y ustedes —nos señaló a Colosal y a mí mientras sus orejas se erizaban salvajemente—, están ustedes casados por la Iglesia?

—¿Qué quiere decir? —preguntó Colosal.

—Pregunto si son ustedes matrimonio.

Como Colosal era violento y de reacciones más bien primarias, me sentí obligado a intervenir antes de que él lo hiciera, pero la mujer se me adelantó.

—Son primos —dijo riendo.

Hoy, cuando a través de su sonrisa intento reconstruir su rostro, continúo igual que siempre, es decir que me resulta imposible hacerlo. Y no es que no pueda controlar el recuerdo, sino que simplemente las facciones de ella, viajando siempre atrás en el tiempo, componían demasiados rostros a la vez.

De aquellos instantes lo que mejor puedo reconstruir es la mirada feroz que nos lanzó Leonardo: una mirada de absoluta desconfianza que incrementó mi sospecha de que él, provisto de su nueva identidad, podía estar intentando rehacer su vida al lado de su mujer. Si esto era así, todo parecía indicar que ella no se había enterado de nada. Y Colosal, aún menos.

—Bueno, la torre es espléndida y las algas del estanque me han fascinado —dijo mi primo—. Creo que compraremos. Tenemos que pensarlo, pero creo que compraremos. Espero —bromeó ya decididamente sin gracia— que no tengamos que pagar un colosal suplemento por tu marido el fantasma.

Esto último pareció molestarla. Eran demasiadas las confianzas que se tomaba Colosal.

—Espero que no —dijo ella encaminándose hacia el recibidor en señal inequívoca de que daba por concluida nuestra visita.

Estábamos despidiéndonos cuando sonó el timbre de la entrada. Otro comprador, comentó ella. Pero cuando abrió la puerta apareció un hombre de unos treinta años que, tras unos segundos de inmovilidad absoluta en el umbral, dijo en tono lento y emocionado:

—Soy yo, querida. Ya ves, he vuelto.

Era alto, moreno, bastante bien parecido. Ella parecía no comprender nada.

—Soy yo, querida. ¿No me reconoces?

En el rostro del visitante brillaban los lentes y los aros de oro de los espejuelos que amparaban sus ojos inquietos y delicados. Llevaba el brillante pelo negro partido al medio, peinado hacia atrás en una larga curva por detrás de las orejas, y ondeándose debajo de la estría que le dejaba marcada un elegante sombrero negro.

—¿No me reconoces al menos por la voz? Me cambié la cara para gustarte más.

Como ella seguía sin reaccionar se me ocurrió pensar que aquel hombre conocía como yo la historia por teléfono y pretendía, en su caso, sacar provecho del asunto vendiéndole a buen precio a ella la información que poseía acerca del marido desaparecido.

Pero a tenor de la reacción que tuvo ella pasados los primeros instantes de perplejidad, había que pensar que se trataba realmente del marido. Al menos eso fue lo que dio a entender al examinar con profunda satisfacción aquel agradable rostro y fundirse finalmente con el visitante en un fuerte y emocionado abrazo.

—¿Por qué hiciste eso? —le oímos decir, entre sollozos, a la mujer—. ¿Por qué?

—Tenía que hacerlo —dijo él riéndose de una manera infinitamente seria.

Sobrábamos, eso estaba claro.

—Nosotros ya nos íbamos —dijo Colosal.

Ni nos oyeron. Yo hubiera preferido quedarme porque

era mucha la curiosidad que, en aquel momento, se había despertado en mí. Pero Colosal ya estaba en el jardín. Iba yo a salir también cuando al mirar hacia atrás para despedirme de la casa vi a Leonardo escapando de allí, saltando por una ventana que daba al jardín.

Recuerdo que cuando comenzamos a descender por la cuesta de la calle Tucumán, Leonardo nos precedía. Pero como iba casi corriendo y nos había tomado cien metros de ventaja, Colosal, que no había visto el salto ni yo me había molestado en contárselo, tampoco veía a quien llevábamos delante.

—La película tiene un final feliz —dijo mi primo—. No pienso hacerla. Por cierto, ¿crees que el marido ha sospechado algo de nosotros?

—¿A qué marido te refieres?

—¿Cuál va a ser? —Me miró extrañado—. Al tipo ese tan elegante que hemos dejado en la casa.

En ese momento vi que, a lo lejos, Leonardo se cruzaba con un joven de unos veinte años y belleza impecable, que andaba subiendo la cuesta con fuerza y decisión. Y me pareció obvio que, en la calle de la vida, uno iba hacia lo alto y el otro a hundirse en la sombra.

—No falta mucho —le dije a mi primo— para que el tipo ese tan elegante salte por una ventana de la casa y aterrice en el jardín.

Y como fuera que Colosal me miró muy extrañado, no tuve más remedio que añadir:

—Dentro de bien poco. Cuando el joven ese que avanza hacia nosotros llame a la puerta de la Torre del Mirador.

EL EFECTO DE UN CUENTO

Era ya de noche en Nueva Orleans cuando a Regis le tembló la mano y le cayó al suelo su vaso de leche, y me dijo:

—Anda, repite el cuento, por favor, repítelo.

A Regis, el hijo de mi amiga Soledad, se le veía tan terriblemente afectado por lo que yo acababa de contarle a su madre que no parecía nada conveniente repetirle nada. Era, por otro lado, chocante que el cuento le hubiera hecho aquel efecto, pues no era una historia que pudiera entender fácilmente un niño. Y sin embargo, Regis estaba completamente lívido, como si lo hubiera entendido demasiado bien.

—Anda, repite el cuento.

Insistió como sólo puede hacerlo un niño y acabó doblegando mi resistencia y repetí aquella historia, que era el último relato que escribiera una gran narradora dominicana: un cuento elegíaco y de fantasmas a la vez.

Es un hermoso relato que se abre con la narradora detenida a la orilla de un río mirando los estriberones de un vado y recordándolos uno por uno. Y de pronto se encuentra en la orilla opuesta. Nota que la carretera no es exactamente igual a como era antes, pero en cualquier caso es la misma carretera, y la viajera avanza por ella con un sentimiento de felicidad. El día es espléndido, un día azul. Sólo que el cielo presenta un aspecto vidrioso, que ella no ha visto nunca antes. Es la única palabra que se le ocurre. Vidrioso. Llega a los gastados escalones de piedra que conducen a la que fue su casa y empieza a latirle con fuerza el corazón. Hay dos niños, un chico y una niña pequeña. Ella les hace un saludo con la mano y les dice: «¡Hola!». Pero ellos no contestan ni vuelven la cabeza. Se acerca más a ellos, vuelve a decir: «¡Hola!». Y a renglón seguido: «Aquí vivía yo». Tampoco contestan. Cuando dice «¡Hola!» por tercera vez se halla casi junto a ellos y quiere tocarlos. El chico se vuelve, y sus ojos grises miran directamente a los de ella, y dice: «Se ha levantado frío de repente. ¿No lo notas? Vamos adentro». Le contesta la niña: «Sí, vamos adentro». La viajera deja caer los brazos con abatimiento y por primera vez se da cuenta de la realidad.

—Aquí vivía yo —dijo Regis también muy abatido.

—Pero ¿qué has entendido de este cuento? —le preguntamos.

No quiso responder. Pasó el resto de la velada en completo silencio, pensativo. Soledad, en su afán de restarle importancia al asunto, repitió la frase con un gesto cómico:

—Aquí vivía yo.

Pero el niño no rio. Luego, ella me contó la historia de su abuelo, que, al final de sus días, compró una granja en Montroig, donde todas las noches se reunían a conversar algunos amigos suyos del pueblo, hasta que, un día, sintiendo inminente el final de su vida y para que sus amigos no le molestaran más con sus metafísicas provincianas, ordenó que colocaran un cartel a la entrada de su finca, donde pudiera leerse: AQUÍ SE HABLABA.

—Aquí vivía yo —dijo Regis y se retiró visiblemente triste a su cuarto. Una hora más tarde, comprobamos que se había dormido profundamente, y quedamos tranquilos.

Pero a la mañana siguiente entró en mi cuarto a cerrar las ventanas mientras me hallaba yo todavía en la cama. Y vi que parecía enfermo. Estaba temblando, ya no estaba lívido sino pálido, y andaba lentamente, muy lentamente, como si llevara tacones y le doliera moverse.

—¿Qué te pasa, Regis?

—Me duele la cabeza.

—Será mejor que vuelvas a la cama. Es muy temprano.

—Está bien —dijo. Y se fue andando como si tuviera pies de plomo. Pero cuando bajé lo encontré sentado frente a un televisor que hacía días que estaba averiado. Parecía un niño de siete años muy enfermo. Cuando le puse las manos en la frente, noté que tenía fiebre.

—Vete ahora mismo a la cama —le dije—. Estás algo enfermo.

Cuando llegó el médico le tomó la temperatura. Treinta y ocho grados. Me ausenté un momento cuando llamaron por teléfono preguntando por Soledad y, al regresar, me encontré con la amplia sonrisa del médico.

—No tiene nada —me dijo—, nada. Acaba de confesar que esta mañana se puso mucho papel secante en los pies. Y eso ha provocado que el termómetro registrara fiebre. No tiene nada, nada.

—No tienes nada —le dije.

—Nada, ¿me oyes?, nada —le dijo poco después su madre.

Aquel día teníamos que ir al aeropuerto a buscar a Robert, el marido de Soledad. Y fuimos. Ella y yo. A la vuelta nos entretuvimos los tres en el barrio francés. Nueva Orleans es un buen lugar para abandonarse por completo. Cuando llegamos a la casa estaba ya anocheciendo. Y el niño estaba fatal, pero que muy mal. Ya no es que tuviera fiebre, que no la tenía, sino que el aspecto de su cara no era precisamente agradable. No creo recordar una cara más triste que aquélla.

—¿A qué hora me moriré? —nos preguntó.

—¿Qué?

—Tengo derecho a saberlo.

—¿Qué tonterías son ésas? —dijo su padre.

—Ellos me han dicho que voy a morir.

Al día siguiente, Regis había recuperado toda su vitalidad, y se reía de cualquier cosa. Todo le hacía gracia. Pero ya no era el mismo. Había terminado la infancia para él. Y se reía, se reía de todo.

LA VISITA AL MAESTRO

Tuve un sueño que sugirió, con tenaz insistencia, que Veranda podía ser mi maestro. Aunque yo me dedicaba a lo mismo que en otro tiempo se había dedicado él, todo indicaba, en el sueño, que Veranda podía ser mi maestro, pero no precisamente en cuestiones del oficio, sino más bien en algo que era tangente al mismo y que me tocaba a mí averiguar.

El sueño se repitió varias veces y empecé a sospechar que desde algún lugar me mandaban señales que yo no debía despreciar. Hay sueños que contienen recomendaciones importantes, y como el mío tenía todo el aspecto de pertenecer a esa familia de sueños benefactores que vela por nuestro bienestar, pensé que sería un error dejar pasar ese sueño que pretendía orientarme.

Para ver a Veranda, al que nunca yo había tratado, tuve que cruzar toda Cataluña en tren y en autocar. Me acompañó la señora Morandi, una anciana muy andarina y sobrada de vitalidad y coraje que, habiendo sido amiga íntima de la madre del artista, se había ofrecido, a cambio de una módica suma de dinero, a intentar hacer lo posible para que Veranda me recibiera.

Veranda era, por lo visto, un hombre difícil. Vivía retirado (y bastante olvidado) en un pueblo de los Pirineos, y se había ido convirtiendo, según todo el mundo decía, en un viejo cascarrabias, desdentado y gargajoso, que no recibía a nadie, siempre malhumorado y alejado por completo del mundanal ruido. Y esto último no dejaba de ser una ventaja, ya que garantizaba que, en el caso de que nos recibiera, no tendría ni idea de quién podía ser yo.

—Le diré que eres mi nieto —me había dicho la señora Morandi poco antes de partir en tren desde Barcelona. Eran las siete de la mañana de un día de invierno, y hasta doce horas más tarde no llegamos a Dorm, un pueblo perdido en un magnífico valle, cerca de la frontera con Francia. Preguntamos por la casa de Vittorio de Veranda y en contra de lo esperado la gente reaccionó con simpatía al oír su nombre.

—A veces baja al pueblo y nos cuenta historias —dijo el dueño de la taberna mientras los parroquianos interrumpían su dominó para señalarnos un sendero empinado, largo y sinuoso, flanqueado por matorrales y salvia, al final del cual había tres masías, y una de ellas, la más tétrica, nos dijeron, era la que pertenecía al señor de Veranda, el gargajoso, el desdentado, el italiano.

—En marcha —dijo la infatigable señora Morandi, y comenzamos a caminar recordando la única ocasión en que yo vi actuar a Veranda y la honda impresión que me causó su forma de desenvolverse, aquella noche, sobre el escenario del Candilejas. Me había situado yo, según mi costumbre cuando iba al teatro, en una localidad lateral hacia la mitad del patio de butacas desde donde, llegado el caso, pudiera salir sin llamar la atención, pues a pesar de que había oído maravillas del mítico Veranda desconfiaba de lo que fuera capaz de hacer él, demasiado viejo, pensaba yo, debe estar acabado. Y lo estaba, pero no de la forma que creía yo. Aquella noche, apareció él andando como un sonámbulo sobre el escenario y nos miró como si fuéramos un sueño, y después comenzó a nombrar los cementerios de Roma, su ciudad natal, y quedamos todos consternados, pensamos que se había vuelto loco, pero pronto comprendimos que en realidad simplemente quería despedirse, sentirse vivo gracias a su alejamiento de las tablas. Por un momento, le vi como si hubiera sido un muñeco que lentamente, con gran esfuerzo, hubiera ido transformándose en la persona de carne y hueso que teníamos, aquella noche, ante nosotros. Sus palabras no hicieron más que confirmar, de algún modo, esa impresión.

—Yo soy alguien —le oímos decir— al que habéis ido conociendo muy lentamente y siempre a través de trazos inciertos, dibujado por temblorosa mano. Yo soy alguien que no tiene nombre ni lo tendrá y que es muchas personas y, al mismo tiempo, una sola. Y soy alguien que os ha exigido paciencia porque habéis tenido que asistir al proceso de construcción lento y tembloroso de una figura humana. Aquí la tenéis ya ante vosotros diseñada y acabada. Ya soy alguien. Pero también soy un hombre acabado al que vais a perder pronto de vista porque debéis comprender que tengo derecho a la vida y que, a causa de esto, deseo alejarme de las esclavitudes del arte, *addio caro pùbblico*, prefiero respirar que trabajar, elijo la vida.

Y dicho esto que nos dejó a todos anonadados, se giró de espaldas y, con paso lento y tembloroso, se fue por donde había venido e hizo un riguroso, y nunca mejor dicho, mutis por el foro. Una gran retirada, pensé mientras improvisaba yo aplausos en el aire conmovido de la platea.

—A veces, al pensar en aquella noche, todavía improviso esos aplausos —le comenté a la señora Morandi cuando llegamos al cruce de caminos en el que había que elegir una de las tres masías—. ¿Y sabe qué le digo? Que no me extrañaría nada que la maestría de Veranda guardara relación, de algún modo, con aquel gesto enigmático de despedida.

—Fue una retirada magistral, pero a ti no te sirve como ejemplo, a menos que desees retirarte y convertirte en un viejo amargado y cascarrabias.

—Es verdad —dije—, yo no quiero retirarme ni volverme malhumorado.

—Tal vez —dijo entonces la señora Morandi—, su maestría radique en algo más sencillo, en algo que está tan a la vista que, al igual que aquella carta robada de Poe, sea difícil de ver en un primer momento, precisamente por estar tan a la vista. Tendrás que afinar mucho tu instinto.

Elegimos la masía que nos pareció más tétrica, una en la que podía oírse una gran cacofonía de perros ladrando.

—Perros grandes, por los ladridos —comenté.

—Debe ser ahí, seguro que es ahí —dijo ella.

Y en efecto, avanzamos algo más y pronto vimos a Veranda, una figura oscura en el paisaje, que estaba mandando callar a los perros. Me lanzó una mirada diabólica que se trocó en otra muy emocionada cuando vio a la señora Morandi.

Se abrazaron largo rato.

—Te presento a mi nieto —dijo después ella.

Se levantó un viento fuerte y helado.

—No sabía que tuvieras un nieto y, menos aún, tan entrado en años.

Por un momento, pensé que nos iba a despedir con cajas destempladas o que soltaría a los perros, pero nada de eso sucedió sino todo lo contrario. Veranda rio con expresión casi angelical y dijo a la señora Morandi:

—¿Sabes qué pensé al ver a tu nieto? Me pareció que avanzaba hacia mí un asesino, mi verdugo.

—Por dios —dijo ella—, sólo es mi nieto.

—Claro, claro —dijo él divertido golpeando amistosamente mi mano y estrechándola luego para acabar haciendo un gesto muy teatral que indicaba que podíamos entrar en su casa.

Nos sentamos en una mesa camilla junto al fuego, y él nos trajo té y pastas, y dijo que no había contestado a nuestras cartas porque ya no escribía, no escribía una sola línea. Y sin venir a cuento, alabó las vidas aventureras y despreció, por pretencioso, el gesto universal del libro.

Veranda tenía el aspecto que cabía esperar de él. Llevaba un traje negro de pana, iba envuelto en bufandas y chales, y se oía ladrar y aullar de vez en cuando a los perros, que, encerrados en una zona vallada de la casa, eran como una prolongación suya.

La señora Morandi, tras aclararle que nosotros no habíamos escrito carta alguna, le preguntó si los perros habían matado alguna vez a alguien, y Veranda sonrió y dijo:

—Nooo. Los tengo por el *ruido*.

Durante mucho rato permanecí callado observando con disimulo y cumpliendo a la perfección con mi papel de nieto discreto mientras la señora Morandi le iba contando todo lo que había sucedido en tantos años que no se veían. Veranda parecía algo aburrido, pero en su mirada se notaba que sentía afecto por la amiga de su madre.

Contó la señora Morandi la historia del loro que se suicidó, y Veranda pareció encontrar cierto placer en ese estúpido relato, pues se animó a encender la pipa birmana que le habíamos regalado.

Al Veranda cascarrabias no se le veía por ninguna parte. Escupía de vez en cuando y carecía de dientes, eso era cierto, como también lo era que estaba algo jorobado y que la expresión de su rostro no era excesivamente simpática, pero sin embargo había algo en su mirada que denotaba una profunda ternura hacia las cosas y, sobre todo, una gran humanidad.

Su figura era aún más humana que la que yo había visto el día de su despedida en el Candilejas. Escuchaba con infinita paciencia las historias de la señora Morandi y de vez en cuando la interrumpía para preguntarle por tal o cual viejo amigo suyo, pero todos aquellos a los que nombraba habían ya muerto, y la señora Morandi se veía obligada a decírselo.

—Todos se han ido al reino de la luz —mascullaba entonces él parafraseando a un poeta inglés, y escupía con verdaderas ganas y se ponía a citar los nombres de los cementerios de Roma. Uno tras otro, como una extraña letanía fúnebre. Y el ladrido de los perros puntuaba sus palabras.

A las nueve de la noche encendió el televisor para ver el único programa que le despertaba cierto interés: algo sobre divulgación científica.

—Sólo lo pongo los viernes a esta hora —nos dijo.

En la cena se habló de Portugal. Era el país que, unos días después, iba yo a visitar en una larga gira de trabajo que, ante Veranda y por seguir con mi papel de nieto irrelevante, disfracé de viaje turístico.

—Según tengo entendido —dijo Veranda a la hora de los postres—, los cafés de Lisboa están llenos de ideas casuales de tanto contertulio casual, llenos de las intuiciones de tanto don nadie.

Y entonces recordé mi intuición de que la posible maestría de Veranda guardaba cierta relación con su enigmática despedida de las tablas. Quise preguntarle algo acerca de su retirada, pero me puse nervioso y, tras hacerme un monumental lío, acabé yendo, sin apenas darme cuenta, al centro de la cuestión que me había llevado hasta allí.

—¿Se considera usted maestro en algo?

No pareció nada sorprendido y contestó sin pensarlo dos veces, con absoluta sencillez.

—En nada que yo sepa. Pero me gustaría ser maestro en el difícil arte de comunicarse con los otros sin necesidad de palabras, a través del silencio, algo así como leer en el pensamiento del otro y que al otro le suceda lo mismo con el tuyo.

—¿Es una indirecta para que nos callemos? —intervino torpemente la señora Morandi.

Encendió de nuevo su pipa y dijo Veranda:

—Por favor, no es eso. Creo que no me ha entendido. Adoro el silencio como idea o, si lo prefiere, como quimera. Entenderse sin palabras, qué maravilloso sería poder llegar a eso.

—De vez en cuando eso sucede —dije yo.

—De vez en cuando —dijo él.

Tomamos vino blanco en la inmensa cocina de la masía, y la señora Morandi repitió la historia del suicidio del loro, y después habló del hombre que quiso hacer un cruce entre una paloma y un loro para que las palomas mensajeras hablaran. Y después se durmió. Se quedó derrumbada sobre un puchero.

—Demos un paseo —dijo Veranda.

La noche era estrellada, faltaba una hora para un eclipse de luna.

—Podemos verlo desde aquel montículo —dijo.

Durante un rato caminamos muy abrigados por senderos de grava y, más tarde, de tierra hasta llegar a lo alto del montículo desde el que se divisaba todo Dorm. Nos sentamos en el suelo a esperar el inminente eclipse y, aunque no cruzamos palabras, yo tuve la impresión de que había entendido la silenciosa pregunta que le había hecho porque de pronto dijo:

—Me despierto a las ocho, doy un salto ritual a la bañera llena de agua fría, en invierno sólo unos minutos, en primavera más tiempo. Eso ahuyenta el sueño. Canto mientras me afeito, no melódicamente, pues el sentido de la música sólo despierta en mí raras veces, pero sí canto contento, eso siempre. Paseo por las afueras del pueblo. Desayuno leche y miel y tostadas. Al mediodía compruebo que no hay correo. A la hora del almuerzo imagino que ante mi casa hay un tilo centenario. Llega la hora de la siesta. Y en fin, así van pasando las horas. A veces, por las noches, bajo al pueblo y le cuento a la gente de Dorm fragmentos de mi vida inventada, la novela que perdí.

Comprendí que hubiera dejado el arte. Su mejor obra era su horario. La señora Morandi había acertado cuando dijo que tal vez la maestría de Veranda radicara en algo muy simple y sencillo.

Recuerdo el fulgor de aquel instante que precedió al eclipse. Fue como si un muro se hubiera derrumbado, y yo experimenté la sensación de que Veranda y yo nos entendíamos en una zona que iba más allá de nuestro encuentro. Leía en mi pensamiento y se había dado cuenta de que a mí me sucedía lo mismo con el suyo. Y aunque no fuera éste el caso, el resultado fue, sin embargo, el mismo.

LA FUGA EN CAMISA

1

Estaba avanzando el crepúsculo y, en el tiempo de recorrer la Rua do Sol, como ocurre en los trópicos, cayó de repente la noche. Pero no estaba en ningún trópico, y tampoco estaba soñando, porque andaba bien despierto. Seguí andando, pensé en mí, evité sonreír porque siempre que lo hacía parecía triste. No quería delatarme ante los transeúntes de la Rua do Sol. Después, caí en la cuenta de que una máscara de arlequín protegía mi rostro, de modo que mis temores eran absurdos. Nadie podía reconocerme. En aquel día de carnaval nadie podía saber de mi tristeza; ya bastante habían sabido de ella cuando en la noche anterior me despedí para siempre de la escena. Sonreí por dentro. Pensé en el Tajo, lento, sereno y poderoso, el río de aquella ciudad, Lisboa.

Me dije que ya estaba bien, que todo tenía un límite. La fama, el dinero, la sociedad. Al diablo con todo. El éxito me agobiaba, prefería ser feliz. Aquel día de carnaval, cuando llegué al puerto, miré al mar y me propuse de repente ensayar ser otro. Tal vez estuviera mejor en la piel de un personaje literario. Me acordé de un cuento que no hacía mucho que había leído. El héroe era alguien muy distinto a mí, pues encarnaba la gloria sin fama, la grandeza sin brillo, la dignidad sin sueldo, el prestigio propio. Me dije que haría todo lo que hacía él en el cuento. Para empezar, me burlaría del brillo de la grandeza y sentiría que no estaban hechas para mí las fatigas y groseros esfuerzos que se precisan para ser alguien en la vida. Sería un vagabundo, un músico ambulante, y buscaría a los míos junto a los vertederos de los hoteles del puerto.

En los días que siguieron me fui dejando crecer la barba, sometí mi voz a un duro correctivo y la degeneré, compré un viejo organillo, fui ensayando ante el espejo una leve cojera, arruiné mis trajes, me dediqué a esconder coñac barato debajo del hornillo y a cocinar en éste los más pésimos manjares. Y la noche en que supe que ya era el vagabundo del cuento encaminé mis pasos hacia el puerto, hacia el vertedero de basuras del hotel Atlanta, allí donde había yo localizado una hoguera y unos vagabundos que recordaban a los del relato que pretendía yo protagonizar.

Una vez junto a ellos, me senté en el rincón más oscuro, entre envases de cartón y restos de verdura. Allí permanecí en silencio escuchándoles. Hablaban de la vida, y sus voces eran míseras, tan míseras como sus vidas.

Fantaseaban en el vacío, torpemente, hasta que de pronto el más anciano del grupo quiso reconducir la conversación. Eso era algo idéntico a lo que sucedía en el cuento, y francamente me animé. El más anciano les preguntó cuál sería el deseo que formularían si supieran que éste se haría realidad. Con voz ronca habló uno de ellos y dijo que nada le haría más dichoso que recuperar la zapatería que le había pertenecido. Habló mucho y sólo le escuché a ráfagas.

Me interesaban más las sombras que forjaba el fuego de la hoguera en las paredes del Atlanta, más allá del cual, a la luz del machete de plata que era la luna, podía verse el malecón ruinoso, las pilastras del puente viejo y, al fondo de todo, más allá de la ciudad, el fracaso general de la noche. Como en el cuento.

Después, habló otro que quería dinero. Un tercero buscaba a una hija desaparecida, el cuarto quería también dinero, y así a lo largo del círculo. Cuando ya habían hablado todos, aún quedaba yo, acuclillado en mi rincón oscuro. Cuando me preguntaron, contesté así, de mala gana y vacilando:

—Quisiera ser un rey poderoso y reinar en un vasto país, y hallarme una noche durmiendo en mi palacio y que desde las fronteras irrumpiese el enemigo y que antes del amanecer los caballeros estuviesen frente a mi castillo y que no hubiera resistencia y que yo, despertado por el terror, sin tiempo siquiera para vestirme, hubiese tenido que emprender la fuga en camisa y que, perseguido por montes y valles, por bosques y colinas, sin dormir ni descansar, hubiera llegado sano y salvo hasta este rincón. Eso querría.

Desconcertados, se miraron entre ellos. Tras un breve silencio, el más anciano del grupo se aproximó a mi rincón para preguntarme qué habría ganado con ese deseo.

—Una camisa —dije.

Una hora después me embarcaba rumbo a la Arabia feliz, al país de las mil y una noches. Como en el cuento.

2

La guerra civil española. En esa guerra estaba yo. Sin embargo, por momentos, era como si fuera radiada para mí, pero sin voz, y entonces yo no estaba. En otros momentos, era únicamente la acción lo que existía, la acción misma, y yo entraba en la Teruel asediada y sin tiempo de pensar en nada.

Después, desperté de golpe, y volví a la realidad. Alguien, al otro lado de la puerta, me avisaba de que ya podía verse Tánger. Medio dormido, subí a cubierta. Lloviznaba y todo estaba mojado, oscuro y resbaladizo. La ciudad, a lo lejos, era una figura geométrica, angulada y negra, contra el cielo sombrío. Oscuro estaba todo, como contagiado por el humo de la chimenea del barco. Me apoyé en una barandilla y, pensando en todo lo que había dejado atrás (a decir verdad, bien poco), di un vistazo furtivo y malhumorado a lo que habían sido mis días hasta entonces. Unas cuantas láminas de vida, *tranches de vie*, que dirían los franceses, y la verdad es que muy poca cosa más. Mi pasado podía resumirse en unas escasas láminas de vida, algunas de ellas banales y las otras absurdas, en todo caso unas contadas láminas que se salvaban del olvido. La vida, lo lamento, no da para mucho más. En cuanto al resto de láminas, las que se hundieron en el olvido, no las veía yo más que como páginas de un calendario en el que, al igual que en el sueño de la guerra civil, estaba y no estaba yo; apenas guardaba nada de esas páginas, salvo imágenes confusas que en su momento los sentidos percibieron pero que muy pronto volaron como hojas de calendario, como voló también mi vida, que, a su vez, pasó volando y la perdí.

Eso pensaba yo mientras veía Tánger en el difícil horizonte. A mi lado, apoyados también en la barandilla, dos pasajeros fumaban en pipa y guardaban un riguroso silencio mientras contemplaban absortos el oleaje. Pero pronto descubrí que, en realidad, estaban haciendo una pausa en su conversación. Eran ingleses y estaban hablando de una mujer. Lo supe cuando uno de ellos arrojó su pipa al mar y, con voz susurrante y temblorosa, dijo:

—La capacidad de amar de Jennie era sencillamente inmensa.

La frase sonó tan cálida que, aun sin saber de quién hablaban, rocé literalmente la emoción. Recordé haber leído en alguna parte que las palabras eran las cosas convertidas en puro sonido, su fantasma. Y sentí que, en cierta forma, me había enamorado de una palabra, de un fantasma, me había enamorado de Jennie.

Luego, escuché una historia o, mejor dicho, la astilla de una historia.

—Un día, Jennie se enamoró de una musulmana y olvidó que éstas tienen un concepto distinto del amor. Olvidó que desprecian a las cristianas y que muchas consideran que es totalmente lícita cualquier maldad que les hagan. La musulmana era la criada de Jennie. Era posesiva, dura, siempre a la espera de un regalo a cambio de su amor. Estaba enamorada de Jennie pero a su manera. Sabía hacer filtros de amor. Filtros infalibles a base de hierbas que se apoderaban de la voluntad de quien los tomaba. Filtros que eran una mezcla de hipnóticos, aditivos y otras hierbas como el beleño y la cantárida. Jennie tomó, durante un tiempo, esos filtros y fue envenenándose lentamente. Enfiló la senda irreversible que conduce a la locura y la muerte...

En ese momento cruzó por mi mente la imagen de un narrador oral, de un encantador de serpientes que había yo visto en un anterior viaje a Marruecos. Preso de un irresistible y misterioso impulso, me abalancé sobre el inglés y, como si estuviera afilando un cuchillo que rasgara el aire imponiendo el filo del silencio, le dije:

—¡Alto ahí! Ya he oído bastante. Preferiría que dejara el resto a mi imaginación.

Y andando lentamente hacia atrás me alejé de allí. No quería darle la espalda al siempre difícil horizonte.

3

Había oído hablar de las voces de Marrakech, pero no sabía si éstas tenían algo realmente peculiar. Tal vez sean distintas al resto de voces del mundo, me dije al instalarme en la terraza del café desde el que se divisaba la plaza de Xemaá-el-Fná. Me dio por pensar que nunca se habla del color de las voces y que tal vez en Marrakech eso fuera posible. Voz tierra de Siena de Petrarca, voz color traje de faquir hindú. Tal vez en Marrakech, me dije, las voces tienen color. No tardé en comprobar que andaba en lo cierto. Se acercó un camarero marroquí y, al preguntarme qué deseaba tomar, me pareció que su voz, que evocaba el fondo sonoro de los almuédanos cuando desde los alminares convocan al pueblo a la oración, era una voz color cal de torre de mezquita. Y pedí religiosamente un té.

Apareció un orate de piel oscura, raza negra, blanca chilaba impoluta. Toda mi atención se centró en él y en su ingrávido edificio sonoro. Nunca había visto aspavientos tan airados y tan sobriamente acompasados al ritmo de unas vibraciones acústicas, inaudibles para mí, que se apoderaban con gran energía del ambiente y que parecían reproducir, en el aire entrecortado por los gestos, una historia.

Imaginé que el orate sólo poseía una historia y que ésta hablaba de un tronco triste alzado como mástil. Hablaba de él mismo y de los días en que le dominaron las ansias de aventura. El orate negro había viajado a tierras lejanas y, en su periplo, había ido apropiándose de fragmentos de historias que disimuladamente había escuchado. Con todos esos retazos había ido componiendo la novela airada y musical de su vida: una historia que, con ritmo sincopado y artimañas de mimo, vendía a diario como un sueño a un público siempre adicto y fiel, allí en Xemaá-el-Fná.

Era la historia o el resumen ficticio de lo que había sido su vida. Una vida sintetizada en cuatro gestos que clamaban al cielo y en cuatro vibraciones acústicas y rítmicas de voz color frac blanco de músico de jazz. Voz de orate negro. En verdad que aquélla era toda una voz de color.

4

Al sur de Túnez, entre las altas palmeras del oasis de Douz, yo me veía, aquella noche, como un fugitivo que se hubiera alistado en la Legión Extranjera. Y a lo lejos, en las blancas arenas del Gran Erg Oriental, yo tenía visiones secretas, imágenes de películas de acción, recuerdos de letra impresa: el brillo del sol, por ejemplo, en el filo de las cimitarras del ejército enemigo. En la noche luminosa del desierto, en compañía de beduinos y de un europeo que decía llamarse Boj y que no cesaba de narrar historias, asistía yo aguerrido a la suave y lenta, presumible disolución de mi identidad en el anonimato. Y sentía miedo, un miedo secreto e innombrable. Temía, aunque lo estaba deseando, el derrumbe de todo y mi naufragio en las solitarias aguas de la poza de la demencia. Al sur de Túnez, entre las altas palmeras del oasis de Douz. Junto a edificaciones de barro y rebaños de cabras que ramoneaban en los bordes de una poza en la que yo, que me había convertido en una gran mirada y estaba fuera de mí y miraba, veía reflejada mi figura de soldado colonial. Noche luminosa después de la tempestad de arena que nos había azotado, noche profundamente quieta y replegada en sí misma. A mi lado, el hombre que decía llamarse Boj no cesaba de hablar y de convocar voces y palabras de personajes que, al narrar pasajes de sus vidas, iban desfilando ante mí como si fueran los pacíficos nómadas de una lenta caravana del desierto. Aquella noche, al sur de Túnez, entre las altas palmeras del oasis de Douz, decidí que haría míos cuantos relatos o pasajes de la vida de extraños había ido oyendo a lo largo de mi viaje. Me dije que retendría todas esas historias en mi memoria y que con ellas me inventaría lo que había sido mi vida, el pasado de un legionario, narrándolo de viva voz a quien quisiera escucharlo. Aquella noche, entre las altas palmeras del oasis de Douz, me llegó la tierna y, al mismo tiempo, amarga sensación de que yo era yo y era Boj y era también toda aquella lenta caravana de historias de anónimas voces y anónimos destinos.

5

Andando yo por la calle Sefir iba hablando en primera persona, que es la lengua de los viajeros, cuando de repente observé que de vez en cuando algún transeúnte apresuraba sin causa aparente el paso y se perdía en el negro boquete que parecía esperarnos a todos al final de la calle. Entonces sentí que definitivamente me separaba, me exilaba de mí mismo, y una multitud penetró impetuosamente en mí. Aunque privado de pronto de la percepción de mi propio cuerpo, elevé la vista hacia arriba e intuí que ya no tenía parietal, tan sólo un negro boquete como el que me aguardaba al final de la calle. Trastornado, saludé a la brecha que se había formado en mi cerebro. Y aquella grieta me devolvió inicialmente a la realidad. Olor de pavimento recién regado y nubes livianas a ras de suelo, nubes livianas de Alejandría, que rara vez traían lluvia. Pero poco después, como un ciclón, el boquete se convirtió en unas mil y una fisuras que rompían constantemente el hilo de cualquier historia, incluida la de mi vida. En una de esas fisuras se abrió un boquete que era un redondel azul. Y algo como un rugido semejante al del viento en una chimenea, succionó rápidamente mi conciencia a través del boquete azul del parietal, y cayó la noche sobre Alejandría.

6

En una aldea de pescadores cercana a las ruinas de Berenice, a la hora de despedirme de los indígenas del lugar, me ocurrió algo muy parecido a lo que cuenta Stevenson que le sucedió con los habitantes de una de las islas Gilbert. Yo había pasado varios días en la aldea conviviendo con los indígenas y narrándoles, con gran variedad de voces y con la ayuda de un esforzado esclavo traductor, los avatares más importantes de mi vida o, lo que venía a ser lo mismo, las historias que había oído contar a otros y que, a lo largo del viaje, me había ido apropiando. A la hora de la despedida, tras haber intercambiado saludos con todo aquel público entusiasta y fiel, me vi obligado por falta de viento a esperar tres días en el pequeño puerto. Durante esos tres días, los indígenas permanecieron escondidos detrás de los árboles y no dieron señales de vida, *porque los saludos ya habían tenido lugar.*

—Mire usted —me dijo un holandés en Port Sudan—, yo no tengo ni idea de qué trata este bulto de pasiones desatadas —me mostró enojado el antiguo Libro de las Voces—, pero en todo caso debo aclararle que, en contra de lo que usted dice, yo no soy ningún títere atormentado por el bronce de la fiebre y, menos aún, el esclavo predilecto del Negus.

Iba a decirle que yo no había dicho nada de todo aquello, pero a última hora opté por una simple exclamación.

—¡Bravo! —dije satisfecho de haber oído una frase perfectamente incoherente. Y seguimos bebiendo aquel feroz aguardiente que era más fuerte que un metal en ebullición.

—Mire usted —blandió de nuevo el antiguo Libro de las Voces—, por una vez estoy de acuerdo con lo que dice. Porque no hay duda de que el primer nervio que ataca la espiroqueta pálida es el nervio óptico, con la consiguiente disminución de la vista. Pero de todos modos me parece espantoso que de todo esto usted deduzca que la locura es un pájaro de acero que entra en un cuarto lleno de objetos de cristal a los que fulmina con sus duros vuelos en espiral.

—¡Bravo! —dije. Y se acabó el aguardiente.

—Aquel viejo cabaret —musité melancólicamente—. Aquel viejo cabaret mafioso, lleno de rostros desaparecidos, lleno de antiguos amigos que se fueron para siempre. Por mucho que viva no olvidaré la noche en que mataron al gran Giuseppe Bentivoglio. Éramos seis los que estábamos sentados a su mesa. Él había bebido mucho. Cuando casi amanecía se le acercó un camarero con aspecto muy raro y le dijo que en la calle había alguien que quería hablar con él. «De acuerdo», dijo Giuseppe, y empezó a levantarse. Yo le obligué a sentarse otra vez. «Que vengan aquí esos hijos de perra si quieren hablar contigo, pero no se te ocurra salir del cabaret, por lo que más quieras.» Eran ya las cinco de la mañana en Messina y despuntaba el alba.

—¿Y él salió? —preguntó inocentemente la mujer que compartía mi mesa en aquel miserable cafetín de Djibouti.

—Claro que salió. Se giró hacia nosotros cuando ya estaba en la puerta y nos encargó que pidiéramos otro daiquiri. «Vuelvo enseguida», dijo. En cuanto apareció en la calle, vaciaron sobre él un cargador entero. Giuseppe Bentivoglio es el único amigo que yo he tenido en la vida. Pero no he venido hasta aquí para hablarte de él, sino para vengar su muerte. El asesino vive en esta ciudad, y tú le conoces muy bien, porque es tu marido.

La mujer ni se inmutó. Simplemente, se encogió de hombros, como si la cosa no fuera con ella. En su rostro el aire viciado del cafetín dibujaba una tristeza de humo y funeral.

—Ahí afuera preguntan por usted —me dijo el dueño de aquel infame tugurio.

—No vayas, por lo que más quieras —le hice decir a ella imitando su dulce voz argentada.

Pero salí a la calle. Allí en Djibouti también estaba despuntando el alba. Inolvidable madrugada etíope en la que la luz polar de la mañana, la fría desolación de la calle y la magia boreal del color arroparon los disparos.

9

No sé quién soy, no reconozco esta voz, sólo sé que pasé por Adén y que trafiqué con armas y esclavos. Formaré una caravana y la llevaré a las puertas del palacio de Menelik, rey de Choa. Quiero visitar el país del marfil. Regresar a Europa sería como enterrarme vivo.

Yo soy uno y muchos y tampoco sé quién soy. Sólo sé que ayer volví a caminar, repetí el paseo del jueves. Oscuridad y polvo más allá de las colinas devastadas. Vi desde la carretera mi propio cuarto con la luz encendida. Desvaída luz de la ventana junto a la que había estado hasta entonces escribiendo pasajes de mi vida. Di, pues, un paseo después de escribir. Después de escribir que no voy a escribir nunca más. Adiós a la palabra escrita, que sólo sirve para que todavía nos ocultemos más. Eso me dije nada más llegar a esta tierra excepcional, el país de la reina de Saba. Vivo a cuatro leguas de la ciudad de Sanaa y a ella voy todas las noches a narrar historias a un público siempre respetuoso y fiel. Mi audiencia es singular. Es gente que, provista de la jambia, que es la daga que simboliza su espíritu guerrero, forma semicírculo en torno a mí y presenta la clásica batalla de los que escuchan. Yo les entretengo con sostenida invención. Dispongo de un amplio abanico de voces y altero cuando quiero los registros tonales, de bajo a tenor. Cuento a orillas del cauce seco del Shaile. Cuento. Allí, junto al río que enamoró a Salomón, refuerzo mis palabras extranjeras con artimañas de mi antiguo oficio de ventrílocuo. Y siempre sucede que, al terminar un cuento, ellos me piden otro porque quieren que siga hablando como la lluvia, es decir, haciendo rimas que desconocen. Y emprendo entonces otro relato y, a la luz de mi candil, ellos quedan de nuevo atrapados y aislados del mundo. Y sueñan viajes y pierden países y celebran conmigo que aquí en Sanaa renazca, todas las noches, la pasión de contar de viva voz las historias. Como antaño. Ficciones que brincan y se expanden más allá de mí y de ellos, más allá de la oscuridad y de las colinas devastadas de Sanaa, más allá incluso de la Arabia feliz y de lo que fue mi vida, por la que yo esta noche, sin razón aparente, lloro como se debería llorar al final de todos los libros, de todas las historias que vamos a abandonar.

UNA CASA PARA SIEMPRE

De mi madre siempre supe poco. Alguien la mató en la casa de Barcelona, dos días después de que yo naciera. El crimen fue todo un misterio que creí dar por resuelto el día en que cumplí veinte años, y mi padre, desde su lecho de muerte, reclamó mi presencia y me dijo que, por desconfianza a los adjetivos, estaba aproximándose al momento en que enmudecería radicalmente, pero que antes deseaba contarme algo que juzgaba importante que yo supiera.

—Incluso las palabras nos abandonan —recuerdo que dijo—, y con eso está dicho todo, pero antes debes saber que tu madre murió porque yo así lo dispuse.

Pensé de inmediato en un asesino a sueldo y, pasados los primeros instantes de perplejidad, comencé a dar por cierto lo que mi padre estaba confesando. Cada vez que pensaba en el hacha ensangrentada sentía que el mundo se hundía a mis pies y que atrás quedaban, patéticamente dibujadas para siempre, las escenas de alegría y plenitud que me habían hecho idealizar la figura paterna y forjar la imagen mítica de un hombre siempre levantado antes de la aurora, en pijama, con los hombros cubiertos por un chal, el cigarrillo entre los dedos, los ojos fijos en la veleta de una chimenea, mirando nacer el día, entregándose con implacable regularidad y con monstruosa perseverancia al rito solitario de crear su propio lenguaje a través de la escritura de un libro de memorias o inventario de nostalgias que siempre pensé que, a su muerte, pasaría a formar parte de mi tierna aunque pavorosa herencia.

Pero aquel día de aniversario, en Port de la Selva, se fugó de esa herencia todo instinto de ternura y tan sólo conocí el pavor, el terror infinito de pensar que, junto al inventario, mi padre me legaba el sorprendente relato de un crimen cuyo origen más remoto, dijo él, debía situarse en los primeros días de abril de 1945, un año antes de que yo naciera, cuando sintiéndose él todavía joven y con ánimos de emprender, tras dos rotundos fracasos, una tercera aventura matrimonial, escribió una carta a una joven ampurdanesa que había conocido casualmente en Figueras y que le había parecido que reunía todas las condiciones para hacerle feliz, pues no sólo era pobre y huérfana, lo que a él le facilitaba las cosas, ya que podía protegerla y ofrecerle una notable fortuna económica, sino que, además, era hermosa, muy dulce, tenía el labio inferior más sensual del universo y, sobre todo, era extraordinariamente ingenua y servil, es decir, que poseía un gran sentido de la subordinación al hombre, algo que él, a causa de sus dos anteriores infiernos conyugales, valoraba muy especialmente.

Había que tener en cuenta que su primera esposa, por ejemplo, le había mutilado, en un insólito ataque de furia, una oreja. Mi padre había sido tan desdichado en sus anteriores matrimonios que a nadie debe sorprenderle que, a la hora de buscar una tercera mujer, quisiera que ésta fuera dulce y servil.

Mi madre reunía esas condiciones, y él sabía que una simple carta, cuidadosamente redactada, podría atraparla. Y así fue. La carta era tan apasionada y estaba tan hábilmente escrita que mi madre no tardó en presentarse en Barcelona. En el centro de un laberinto de callejuelas del Barrio Gótico llamó a la puerta del viejo y ennegrecido palacio de mi padre, quien al parecer no pudo ni quiso disimular su gran emoción al verla allí en el portal, sosteniendo bajo la lluvia un maletín azul que dejó caer sobre la alfombra al tiempo que, con humilde y temblorosa voz de huérfana, preguntaba si podía pasar.

—Que aquel día llovía en Barcelona —me dijo mi padre desde su lecho de muerte—, es algo que nunca pude olvidar, porque cuando la vi cruzar el umbral me pareció que la lluvia era salvaje en sus caderas y me sentí dominado por el impulso erótico más intenso de mi vida.

Ese impulso parecía no tener ya límites cuando ella le dijo que era una experta en el arte de bailar la tirana, una danza medieval española en desuso. Seducido por ese ligero anacronismo, mi padre ordenó que de inmediato se ejecutara aquel arte, lo que mi madre, ansiosa de complacerle en todo y con creces, realizó encantada y hasta la extenuación, acabando rendida en los brazos de quien, sin el menor asomo de cualquier duda, le ordenó cariñosamente que se casara cuanto antes con él.

Y aquella misma noche durmieron juntos, y mi padre, dominado por esa suprema cursilería que acompaña a ciertos enamoramientos, tuvo la impresión de que, tal como había imaginado, acostarse con ella era como hacerlo con un pájaro, pues gorjeaba y cantaba en la almohada, y le pareció que ninguna voz cantaba como la de ella y que incluso sus huesos, como su labio inferior y sus cantos, eran frágiles como los de un pájaro.

—Y esa misma noche, bajo el rumor de la lluvia barcelonesa, te engendramos —me dijo de repente mi padre con los ojos muy desorbitados.

Un lento suspiro, siempre tan inquietante en un moribundo, precedió a la exigencia de un vaso de vodka. Me negué a dárselo, pero al amenazar con no proseguir su relato, por pura precaución ante el posible cumplimiento de la amenaza, fui casi corriendo a la cocina y, procurando que tía Consuelo no lo viera, llené de vodka dos vasos. Hoy sé que todas mi precauciones eran absurdas porque en aquellos momentos tía Consuelo sólo vivía para alimentar su intriga ante un cuadro oscuro del salón que representaba la coquetería celestial de unos ángeles al hacer uso de una escalera; sólo vivía para ese cuadro, y muy probablemente esa obsesión le distraía de otra: la constante angustia de saber que su hermano, acosado por aquella suave pero implacable enfermedad, se estaba muriendo. En cuanto a él, en aquellos momentos sólo vivía para alimentar la ilusión de su relato.

Cuando hubo saciado su sed, mi padre pasó a contar que el viaje de miel tuvo dos escenarios, Estambul y El Cairo, y que fue en la ciudad turca donde advirtió la primera anomalía en la conducta de su dulce y servil esposa. Yo, por mi parte, advertí la primera anomalía en el relato de mi padre, ya que estaba confundiendo esas dos ciudades con París y Londres, pero preferí no interrumpirle cuando oí que me decía que la anomalía de mi madre no era exactamente un defecto, sino algo así como una peculiar manía. A ella le gustaba coleccionar panes.

En Estambul, ya desde el primer momento, entrar en las panaderías se convirtió en un extraño deporte. Compraban panes que eran perfectamente inútiles, pues no estaban destinados a ser devorados sino más bien a elevar el peso de la gran bolsa en la que reposaba la colección de mi madre. Muy pronto, él protestó y preguntó con notable crispación a qué obedecía aquella rara adoración al pan.

—Algo tiene que comer la tropa —respondió escuetamente mi madre, sonriéndole como quien le sigue la corriente a un loco.

—Pero, Diana, ¿qué clase de broma es ésta? —balbuceó desconcertado mi padre.

—Me parece que eres tú quien está bromeando con esas preguntas tan absurdas —contestó ella con cierto aire de ausencia y esbozando la suave y soñadora mirada de los miopes.

Siete días, según mi padre, estuvieron en Estambul, y eran unos cuarenta los panes que mi madre llevaba en su gran bolsa cuando llegaron a El Cairo. Como era una hora avanzada de la noche, él marchaba feliz sabiéndose a salvo de las panaderías cairotas, e incluso se ofreció a llevar la bolsa. No sabía que aquéllas iban a ser sus últimas horas de felicidad conyugal.

Cenaron en un barco anclado en el Nilo y acabaron bailando, entre copas de champán rosado y a la luz de la luna, en la terraza de la habitación del hotel. Pero unas horas después mi padre despertó en mitad de la noche cairota y descubrió con gran sorpresa que mi madre era sonámbula y estaba bailando frenéticas tiranas sobre el sofá. Trató de no perder la calma y aguardó pacientemente a que ella, totalmente extenuada, regresara al lecho y se sumergiera en el sueño más profundo. Pero cuando esto ocurrió, nuevos motivos de alarma se añadieron a los anteriores. De repente mi madre, hablando dormida, se giró hacia él y le dijo algo que, a todas luces, sonó como una tajante e implacable orden:

—A formar.

Mi padre aún no había salido de su asombro cuando oyó:

—Media vuelta. Rompan filas.

No pudo dormir en toda la noche y llegó a sospechar que su mujer, en sueños, le engañaba con un regimiento entero. A la mañana siguiente, afrontar la realidad significaba, por parte de mi padre, aceptar que en el transcurso de las últimas horas ella había bailado tiranas y se había comportado como un general perturbado al que sólo parecía interesarle dar órdenes y repartir panes entre la tropa. Quedaba el consuelo de que, durante el día, su esposa seguía siendo tan dulce y servil como de costumbre. Pero ése no era un gran consuelo, pues si bien en las noches cairotas que siguieron no reapareció el tiránico sonambulismo, lo cierto es que fueron en aumento y, de forma cada vez más enérgica, las órdenes.

—Y el toque de Diana —me dijo mi padre— comenzó a convertirse en un auténtico calvario, pues cada día, minutos antes de despertarse, los resoplidos que seguían a los ronquidos de tu madre parecían imitar el sonido inconfundible de una trompeta al amanecer.

¿Deliraba ya mi padre? Todo lo contrario. Era muy consciente de lo que estaba narrando y, además, resultaba impresionante ver cómo, a las puertas de la muerte, mantenía íntegro su habitual sentido del humor. ¿Inventaba? Tal vez y, por ello, probé a mirarle con ojos incrédulos, pero no pareció nada afectado y siguió, serio e inmutable, con su relato.

Contó que cuando ella despertaba volvía a ser la esposa dulce y servil, aunque de vez en cuando, cerca de una panadería o simplemente paseando por la calle, se le escapaban extrañas miradas melancólicas dirigidas a los militares que, en aquel El Cairo en pie de guerra, hacían guardia tras las barricadas levantadas junto al Nilo. Una mañana incluso ensayó algunos pasos de tirana frente a los soldados.

Más de una vez mi padre se sintió tentado de encarar directamente el problema hablando con ella y diciéndole por ejemplo:

—Tienes como mínimo una doble personalidad. Eres sonámbula y, además de bailar tiranas sobre los sofás, conviertes el lecho conyugal en un campo de instrucción militar.

No le dijo nada porque temió que si hablaba con ella de todo eso tal vez fuera perjudicial y lo único que lograra sería ponerla en la pista de un rasgo oculto de su carácter: ciertas dotes de mando. Pero, un día, paseando en camello junto a las pirámides, mi padre cometió el error de sugerirle el argumento de un relato breve que había proyectado escribir:

—Mira, Diana. Es la historia de un matrimonio muy bien avenido, me atrevería a decir que ejemplar. Como todas las historias felices, no tendría demasiado interés de no ser porque ella, todas las noches, se transforma, en sueños, en un militar.

Aún no había acabado la frase cuando mi madre pidió que la bajaran del camello y, tras lanzarle una mirada de desafío, le ordenó que llevara la bolsa de los panes turcos y egipcios. Mi padre quedó aterrado porque comprendió que, a partir de aquel momento, no sólo estaba condenado a cargar con la pesadilla del trigo extranjero, sino que además recibiría orden tras orden.

En el viaje de regreso a Barcelona mi madre mandaba ya con tal autoridad que él acabó confundiéndola con un general de la Legión Extranjera, y lo más curioso fue que ella pareció, desde el primer momento, identificarse plenamente con ese papel, pues se quedó como ausente y dijo que se sentía perdida en un universo adornado con pesados tapetes argelinos, con filtros para templar el pastís y el ajenjo y narguilés para el kif, escudriñando el horizonte del desierto desde la noche luminosa de la aldea enclavada en el oasis.

Y a su llegada a Barcelona, ya instalados en el viejo palacio del Barrio Gótico, los amigos que fueron a visitarles se llevaron una gran sorpresa al verla a ella fumando como un hombre, con el cigarrillo humeante y pendiente de la comisura de los labios, y verle a él con las facciones embotadas y tersas como los guijarros pulidos por la marejada, medio ciego por el sol del desierto y convertido en un viejo legionario que repasaba trasnochados diarios coloniales.

—Tu madre era un general —concluyó mi padre—, y no tuve más remedio que ganar la batalla contratando a alguien para que la matara. Pero eso sí, aguardé a que nacieras, porque deseaba tener un descendiente. Siempre confié en que, el día en que te confesara el crimen, tú sabrías comprenderme.

Lo único que yo, a esas alturas del relato, comprendía perfectamente era que mi padre, en una actitud admirable en quien está al borde de la muerte, estaba inventando sin cesar, fiel a su constante necesidad de fabular. Ni la proximidad de la muerte le retraía de su gusto por inventar historias. Y tuve la impresión de que deseaba legarme la casa de la ficción y la gracia de habitar en ella para siempre. Por eso, subiéndome en marcha a su carruaje de palabras, le dije de repente:

—Sin duda me confunde usted con otro. Yo no soy su hijo. Y en cuanto a tía Consuelo no es más que un personaje inventado por mí.

Me miró con cierta desazón hasta que por fin reaccionó. Vivamente emocionado, me apretó la mano y me dedicó una sonrisa feliz, la de quien está convencido de que su mensaje ha llegado a buen puerto. Junto al inventario de nostalgias, acababa de legarme la casa de las sombras eternas.

Mi padre, que en otros tiempos había creído en tantas y tantas cosas para acabar desconfiando de todas ellas, me dejaba una única y definitiva fe: la de creer en una ficción que se sabe como ficción, saber que no existe nada más y que la exquisita verdad consiste en ser consciente de que se trata de una ficción y, sabiéndolo, creer en ella.